媽媽
兒而是我!?
Mama ga sukinano!?
望 公太
nozomi kota
插畫／ぎうにう
giuniu
Kadokawa Fantastic Novels

序幕

◆

爸爸和媽媽在我五歲時去世了。

在我剛開始懂事的時候——能夠清楚認得並記住自己的爸爸、媽媽的那個年紀，兩人蒙主寵召。

據說好像是遇上了交通事故。

據說好像是當場死亡。

畢竟當時我才只有五歲，所以細節全是從別人那兒聽來的。

坦白說——我其實不是很懂。

即使別人告訴我爸爸和媽媽死了，我也不明白那是怎麼回事。

完全無法理解。

既然連今年十五歲的我都很難理解了，當年才五歲的我更不可能會懂。

所以，無論是喪禮還是之後的餐會，我始終靜靜的，沒有掉一滴眼淚。

周圍的大人們都誇獎我是「很有規矩的孩子」。但其實並不是因為我規矩好，我只是不知道該怎麼做，才一直發呆而已。

完全搞不清楚狀況。

不過嘛，話雖如此。

我一個五歲的孩子，還是隱隱約約能夠察覺到現場的氣氛。

感覺得出現在是──悲傷的時刻。

前來參加喪禮的大人們一見到我，就不斷反覆地說「好可憐」、「好可憐」，強制讓我理解了一件事。

啊，原來如此。

原來我「好可憐」。

即便不願意，還是被迫理解了。

不容分說地被迫理解了。

餐會上──親戚的叔叔、阿姨們為了誰要收養我這件事情，漸漸起了口角。

大概是認為一個五歲的孩子不可能聽得懂他們在說什麼吧，他們的用詞相當直接。

這個嘛，就如同他們所料，五歲的我確實聽不太懂對話的內容——可是，就算是年幼的孩子，還是隱約感覺得出來。

感覺得到自己被當成累贅了。

感覺得到自己被當成麻煩了。

無法形容的陰鬱情緒充斥內心。正當我呼吸變得困難，想要捂住耳朵和眼睛從這裡消失的時候——

「——我來收養這孩子。」

有一個人，將我從那樣的悲劇場面中拯救出來。

歌枕綾子。

媽媽的妹妹——我的親阿姨。

而如今，我稱呼她為「媽媽」。

大概是在我被媽媽收養的一年之後吧。

這個嘛……雖說是「被收養」，但因為是媽媽來到我和父母三人原本同住的獨棟房屋當戶主，所以其實沒有什麼被收養的感覺。不過這件事就先擱一旁。

總之——那是發生在，我和媽媽共同生活一年後的事情。

「巧哥，我問你喔。」

假日的午後。

我家的客廳。

那一天，巧哥來我家玩。

媽媽因為臨時有工作急著處理，必須在房間閉關一下子，於是就由巧哥來幫忙照顧我。

這種情形——時常發生。

巧哥經常陪我玩。

我自己是覺得很開心，不過現在回頭想想——對方心裡說不定並不怎麼樂意。和比自己小五歲的女孩子一起玩，普通男孩應該任誰都不會覺得開心吧。

可能會想和學校的朋友一起玩，又或者是自己待在家打電動。

然而，巧哥卻總是一臉開心地陪我玩，表情沒有一絲不悅。

「什麼問題，美羽妹妹？」

對我的話做出反應的，十一歲的巧哥。

在他手裡的，是做到一半的串珠戒指。

今天，我們兩人玩的是用串珠製作飾品的遊戲。

「就是啊。」

六歲的我說了。

沒有停下用線穿珠的手，毫不躊躇地開口——

「美羽『很可憐』嗎？」

巧哥的表情瞬間變得僵硬。

「……妳為什麼這麼問？」

「昨天在幼稚園，悠人和小麻說美羽『沒有爸爸和媽媽，好可憐喔』。」

我父母的事情才不到一個月，別說是附近鄰居了，甚至也傳入所有幼稚園相關人士的耳裡。

鮮明強烈的事件，轉眼在大街小巷間喧騰開來。

再加上「死去母親的妹妹收養了女兒」這則佳話，恐怕沒有比這更棒的八卦了吧。

不過，應該說幸運嗎？

我周圍的人們大多很有常識，從來不曾當面揶揄或中傷我——儘管如此，還是沒辦法堵住別人的嘴。

事情在不知不覺間，從大人口中傳入小孩耳裡，結果連同班同學們也都理所當然似的得知我父母的事情。

「結果，老師立刻就罵他們兩人，說『怎麼可以講那種話！』雖然悠人和小麻馬上就向美羽道歉了……可是，美羽實在不明白。」

這件事情——應該誰都沒有錯吧？

悠人和小麻當然也都沒有惡意。

他們只是同情父母去世的我，直率地覺得那樣「很可憐」而已。

那是孩子純真的表現。

可是──當時的我卻不明白這一點。

無論是兩人說的話的意思，還是老師生氣的原因。

「美羽因為爸爸和媽媽死掉了，所以『很可憐』嗎？」

「…………」

巧哥露出非常為難的表情。

現在回頭想想……我還真是有點後悔，自己當時居然問了一個如此沉重的問題。

哎呀～好難回答，太沉重了。

那不是該對十一歲的孩子提出的問題。

果不其然，巧哥他……露出了非常複雜的表情。但是沒多久──

「……美羽妹妹。」

他便開口。

「美羽妹妹的爸爸和媽媽去世……是一件非常悲傷的事情。這件事情很嚴重，也很令人難過。」

他的表情和語氣流露出迷惘與糾結，卻唯獨視線依舊牢牢地捕捉住我。

「所以，世上或許有人會說遇到那種重大變故的妳『很可憐』。但是……我並不覺得美羽妹妹『很可憐』喔。」

巧哥接著說。

「因為美羽妹妹——有綾子媽媽。」

「…………」

「美羽妹妹，妳喜歡綾子媽媽嗎？」

「嗯，超喜歡！」

「和綾子媽媽在一起，妳覺得開心嗎？」

「嗯，很開心！」

「既然如此，那美羽妹妹一定一點都不『可憐』。和那麼棒的媽媽一起快樂生活的小孩，不可能會『可憐』的。」

「是這樣啊～」

巧哥的話絕非完美無瑕。

論調不夠合理，理由也過於牽強。

既幼稚又拙劣——但是。

「太好了，原來美羽並不『可憐』～」

卻在我幼小的心靈裡，引起好大的迴響。

六歲的我，感受到巧哥的誠意與真摯，並且有種一切都因此獲得救贖的感覺。

比起言語的內容，他誠摯的眼神和認真的態度更令我開心。

「美羽現在非常快樂喔～」

心情大好的我，開始滔滔不絕地說起來。

「美羽本來因為真正的爸爸和媽媽死掉了，心裡非常難過……可是，有綾子媽媽當我的新媽媽，上幼稚園又很開心——而且巧哥也經常陪我玩，所以雖然還是覺得有一點寂寞，可是快樂的感覺更多。」

「……這樣啊。」

「在天堂的爸爸和媽媽看到美羽這麼快樂，不曉得會不會開心呢？」

「嗯，他們一定會很開心，這是當然的啦。」

「這樣啊～那美羽今後也要快樂地活下去。」

說完像是一個六歲孩童會說的天真話語後。

「啊，對了！」

我放下做到一半的串珠戒指，離開座位。

從客廳一隅的小層架上，拿來某樣東西。

「欸嘿嘿，美羽一直在想今天要給巧哥看看這個。」

語畢，我遞出去的東西是——畫。

一幅放在小畫框裡的畫。

「這是……美羽妹妹畫的嗎？」

「嗯。」

「這兩個人……該不會是我和美羽妹妹吧？」

「嗯！」

我精神飽滿地點頭。

雖然當時我自認這是我的得意之作，還自信滿滿地展示給巧哥看……不過那其實是一幅畫得很差，如今連回想起來都覺得丟臉的畫。

完全就像是出自幼稚園小朋友之手，眼睛和嘴巴笑彎了的臉。不自然地並肩面向正面的男女，將不自然地伸出的手，不自然地牽在一起。

巧哥之所以看得出如此差勁的圖畫是在畫誰，是因為圖畫拙劣歸拙劣，但確實掌握了特徵——當然不是因為這樣。

恐怕是因為在男女的畫像旁邊，分別用注音寫了「ㄇㄟˇ ㄩˇ」和「ㄑㄧㄠˇ」的名字吧。

「喔，妳畫得很好耶。」

巧哥笑咪咪地稱讚我。

當時的我，光是如此就高興得快要飛上天了。

「媽媽也大力稱讚美羽『畫得好棒』。還說『把這幅畫裝飾起來吧』，特地去買了畫框回來呢。這個字，也是美羽請媽媽一邊教我，一邊努力寫上去的喔！」

我指著人物旁邊的「ㄇㄟˇ ㄩˇ」和「ㄑㄧㄠˇ」的文字這麼說。

然後。

在兩名人物的上方，還寫了一句話。

「希望長大後可以和巧哥結婚。」

「結婚……」

「嗯！」

六歲的我笑容滿面，毫不羞澀地宣告。

這幅畫對我而言，是有如七夕的短冊（註：七夕時，日日本人用來寫上願望祈求實現的狹長紙片）或繪馬一般，寫上願望的祈願之物——然後同時，也是用來表達滿腔心意的一封情書。

「美羽長大以後要和巧哥結婚！」

歌枕美羽。

六歲。

儘管發生過許多事——儘管被什麼也不懂的人擅自評斷說我「好可憐」，但是我仍和新媽媽過著快樂的日子。

然後。

我非常、非常喜歡總是陪我玩的鄰居大哥哥。

第一章
宣言與三角

第一章
宣言與三角

♥

單親媽媽的早晨開始得很早。

必須每天一大早揉著惺忪睡眼醒來，幫就讀高中的女兒做便當。

這個嘛，雖然我非常難得也有因為睡過頭而來不及的時候，不過基本上我每天早上都會做便當。

無論什麼日子皆是如此。

即便——前一天晚上，和女兒之間發生了什麼事也是一樣。

「呼啊～早安～」

當和便當同時進行的早餐也準備完畢時，女兒從二樓下來了。美羽經常非得我叫她才肯起床，但是她今天難得自己醒來了。

客廳的門打開那瞬間——我不自主地停下手邊的工作。

但是，我隨即意識到這一點並繼續作業。

「早安，美羽。」

同時刻意以一如往常的語氣這麼說。

拚命壓抑湧上心頭的緊張與不安。

穿著睡衣走來的美羽一坐到餐桌旁，就噘起嘴唇。

「啥～今天早餐又吃火腿蛋喔？」

「啥什麼啦。妳應該不討厭吃這個吧？」

「是不討厭啦，可是，最近出現的頻率會不會有點高？」

「沒辦法啊，誰教阿公送的雞蛋還有剩，要是不快點吃完會壞掉的。」

「這個我知道啦。啊，那不然明天早餐妳做班尼迪克蛋好了。之前電視上有播，做起來好像意外地簡單喔。」

「我不想一早起來就做自己不習慣的事情。妳要是對我的菜色有意見，就自己早點起來做。」

「噗～妳都這麼說了，我還有什麼好反駁呢？」

我們就這麼一邊交談，一邊共進早餐。

一如往常。

一如往常到近乎不自然。

美羽的表情、態度和平常無異。

彷彿**昨天那件事**沒有發生過一樣。

因為實在太一如往常了，讓人不禁以為也許一切只是一場夢——可是。

我馬上就體會到了。

體會到昨天的事情無疑是現實——

叮咚。

剛好就在吃完早餐時，玄關的門鈴響了。

我出去應門，來訪的是住在隔壁的青年。

阿巧。

左澤巧。

住在隔壁的二十歲大學生。

而且還是一個——據說已經喜歡我超過十年的古怪男孩。

現在，我正處於接受他的告白，但是「暫不回覆」的含糊狀態。

「早安，綾子小……！」

道早安到一半，阿巧忽然間瞪大雙眼。

他紅著臉，一臉慌張地別開視線。

「阿巧，你、你怎麼了？」

「咦……啊！呃，那個……沒、沒什麼。」

「瞧你那麼慌張的樣子，怎麼可能沒事？」

「呃……」

他瞄了我——我的裝扮一眼後，一副難以啟齒地開口。

「我一瞬間……還以為是裸體圍裙。」

「咦？裸體圍……～～～！」

我緩緩地將視線往下移之後，總算明白他的意思。因為最近天氣開始變熱了，所以我今天只是隨便穿了件白色細肩帶背心配上短褲。

由於我在外面套了一件圍裙……哎呀，真不可思議。

如果從正面看，看起來的確就像是裸體圍裙。

「你、你在想什麼啦！我怎麼可能會做裸體圍裙那種打扮呢！你瞧，我裡面明明就有穿！」

我掀起圍裙，拚命把底下的細肩帶背心和短褲秀給他看。

「說、說的也是喔，對不起……」

「真是的……居然一早就說那種奇怪的話。都、都是因為你老想著色色的事情，才會把普通的裝扮也想歪啦。」

「……對、對不起。」

見我害羞到忍不住說了重話，阿巧連忙道歉。他表面上是很老實地道歉了，然而表情卻似乎有些不滿。一臉像在說「……等等，這不只是我一人的錯吧？以那種毫無防備、容易讓人混淆的裝扮出來應門的綾子小姐，也應該負起一點責任吧？」的樣子。

尷尬的沉默充斥玄關。

不久，阿巧以試探性的口吻。

「呃……妳昨天後來還好嗎？」

這麼問道。

「那個……因為發生了許多事，我在想妳會不會覺得很累。」

「我沒事啦。謝謝你這麼擔心我。」

前天的星期六，我和他去約會了。

兩人的第一次約會。

起初，他所安排的遊樂園約會行程完美得不得了，然而後來卻發生了一連串的意外。

先是在回程途中爆胎，接著又因為突然下起豪雨……害我們不得不在愛、愛情賓館共度一晚。

發生了好多出乎意料的事情。

但是——好開心。

包括意外狀況在內，那可以說是一段最美好的回憶。

「我才想問你，你還好嗎？你不是說，你在旅館幾乎沒什麼睡？」

「我沒事啦。因為我還年輕，就算一晚不睡也沒差。」

「……說、說的也是，因為阿巧才只有二十歲嘛……是即使一晚不睡也沒關係的、精力旺盛的年輕人……和我不一樣。」

「啊，不、不是的！對不起！我不是那個意思！」

為了突如其來的打擊感到沮喪的我，以及驚慌失措的阿巧。

就在我倆結束對話——的這個時候。

「——巧哥，早啊！」

美羽一邊朝氣蓬勃地喊著，一邊從我身後跑過來。

然後——緊緊地抱住了。

她突然就用力抱住站在玄關裡的阿巧。

「咦……」

「……嗄？」

我和阿巧都無法理解眼前的狀況，不禁做出傻眼的反應。

在凝結的氣氛中，唯獨美羽一人帶著滿面微笑。

「欸嘿嘿，我好想你喔，巧哥。你今天也好帥呢！」

這麼說道。

用我至今不曾聽過的撒嬌語氣。

用我從來沒有見過，像在諂媚似的無辜眼神。

「妳……妳在做什麼啊，美羽？」

「咦？什麼做什麼？」

「妳……妳還裝傻。」

「欸嘿嘿，偶爾這樣也很好啊～」

一面若無其事地回應困惑的阿巧，美羽總算解除緊抱住他的姿勢。

她穿好鞋子，站在阿巧身旁後——立刻又牢牢摟住阿巧的手臂。

而且是情侶之間的那種摟法。

她不停地將自己的胸部，往他的上手臂貼過去。

「呵呵～我真的好幸福喔～能夠像這樣每天早上獨占巧哥，和巧哥卿卿我我。」

「……妳在說什——」

「我呢，因為懶得暗地裡要小心機，所以打算一開始就把話說清楚……我決定和媽媽一決勝負了。」

「一決勝負……？」

美羽大大方方地對困惑的阿巧說。

「就是我和媽媽比賽，看誰能夠攻陷巧哥。」

「「…………」」

啞然無語。

我和阿巧都錯愕得闔不攏嘴巴。

「母女互相爭奪一個男人……呵呵呵，感覺事情會非常精彩呢。」

和渾身僵硬的我們兩人形成對比，美羽獨自露出得意洋洋的表情。

「巧哥，做好心理準備吧，因為我接下來打算對你發動猛烈攻勢。我一定會

讓你承認你喜歡我更勝媽媽！」

「……等、等一下，美羽……」

經過昨天那件事，我早就在某種程度上預料到會發生這種事情，所以我能夠比阿巧早一點從僵直狀態中復原，然而美羽卻像是算好時間點一樣。

「啊～糟糕，已經這麼晚了！要是不快走，上學會遲到的！」

假惺惺地這麼嚷嚷。

然後，美羽望向我。

帶著挑釁的笑容，對我投以煽動的目光。

「那麼，媽媽，拜拜啦！」

語氣愉悅地說完，她就拉著依舊困惑的阿巧的手——依舊像是要炫耀似的黏著他，出了玄關。

「…………」

我茫然地呆站在原地。令人衝擊的事態接連發生，讓我完全手足無措，可是，內心深處卻也有種了然的心情。

啊——

果然是真的。

昨天的宣戰宣言不是夢，而是現實。

「——巧哥就由我來和他交往。」

昨天晚上。

美羽對著約會結束後，依舊沉浸在幸福氛圍中的我這麼說。

以清澈的雙眼，直視著我。

「啊，對了，媽媽妳之前不是老是說，希望我和巧哥交往嗎？還說妳的夢想是見到我和巧哥結婚。」

「…………」

「真是太好了呢，妳的夢想要成真了。」

「…………」

「吶，媽媽。」

「…………」

「妳會替我加油的，對吧？」

面對女兒發出的聲明——不對。

是她所發出的宣戰宣言。

我——

「……是啊，那當然了。」

停頓了一會，才勉強開口這麼回應。

儘管內心動盪不已，我仍拚命掩飾那一點，盡可能以冷靜的口吻接著說。

「如果妳要和阿巧交往……我這個做母親的是再高興不過了。因為就如同妳所說的，我一直都很希望美羽和阿巧交往。」

「…………」

「假使妳們兩人要交往，我一定會以母親身分由衷表示支持。」

說到這裡，我微吸一口氣。

「——如果妳是認真的。」

補上這一句。

「如果我是認真的……？」

「對，沒有錯。」

我這麼說。

「我的確很希望妳們兩人能夠在一起……但是，那是因為我以為妳喜歡阿巧的關係。」

我一直認為。

他們這對青梅竹馬，是一對十分相配的情侶。

以為美羽只是不坦白而已，其實她一直以來都很喜歡阿巧——

「不過很可惜……我直到最近才發現是我誤會了。」

「…………」

「如果就像妳剛才所說的——妳是因為我很沒用，才決定自己接收、和阿巧交往……那麼很抱歉，我沒辦法替妳加油。懷著那種心態和人交往，這樣對對方太失禮了。」

「……喔～原來如此。」

聽完這番話後，美羽用高傲的語氣說道。

「妳還真會替自己找藉口耶。」

「藉、藉口……？」

「妳直說不就得了？就說妳喜歡上巧哥了，所以沒辦法把他讓給我。」

「啥！才、才不是哩！妳在胡說什麼啊！」

我連忙否認，美羽卻嘻嘻發笑。

「不過嘛……說的也是，媽媽之前會支持我和巧哥在一起，是因為誤會我喜歡他——同時也誤以為對方也喜歡我。」

對方也——阿巧也喜歡美羽。

我確實有了這樣的誤解。

誤以為他們兩人是兩情相悅。

「但是，既然媽媽已經知道巧哥的真實心意，知道他一直以來喜歡的不是我而是自己，也難怪妳現在會不肯替我加油了。」

「…………」

「ＯＫ～我明白了。這麼說來，交涉決裂了。」

「決裂……？」

「難道不是嗎？一如我剛才的宣言，我決定和巧哥交往。而為了成功和他交往，我接下來將採取各種行動。但是我要求媽媽替我加油，媽媽卻拒絕了。」

「…………」

「所以──交涉決裂。我和媽媽沒有別的話好說了。」

「……妳、妳在說什麼啊？什麼行動……美羽，妳究竟打算做什麼？」

「這我不能說。因為媽媽──已經不會站在我這一邊了，不是嗎？」

「……！」

「既然如此，我就不能把祕密透露給對手知道。」

如此說道的美羽臉上，浮現莫名挑釁的笑意。

「對、對手……？」

「沒錯，我們是對手。因為——我們兩人接下來將互相爭奪巧哥。」

用無畏的笑容拋下這句話之後，美羽轉身離開客廳。

「等等，美羽……美羽，等一下……」

無論我怎麼呼喚，都沒有意義。

美羽一副「說再多也沒用」地輕輕揮了揮手，便上樓回去自己的房間。

以上。

回想結束。

這便是昨天晚上發生的事情。

美羽向我發出宣戰宣言，我則對此提出了反駁。

因此——交涉決裂。

結果有了——敵對宣言。

然後過了一晚，到了今天早上。

無視我多麼希望一切只是一場夢的願望，美羽立即就採取了行動。

我……已經不知如何是好了。

只能在心中詢問自己的女兒。

美羽。

妳到底在想什麼？

妳究竟——有多認真？

♠

「……喂，美羽。」

「嗯～什麼事？」

「夠了，快放開我。」

厭煩的情緒不由得從語氣中透露出來。

從歌枕家出發已經十分鐘。

儘管就快抵達車站，美羽卻還是摟著我的手臂不放。

不管我怎麼試圖甩開她，她依舊不肯放手。

「咦~為什麼?又沒關係，再一下子就好。」

「誰說沒關係。快放手。」

「你明明心裡就很高興。」

「我才不高興。」

「唔……我這種尺寸的胸部，果然沒辦法讓巧哥興奮嗎?你就非要媽媽那種怪物胸部不可嗎?」

「不要說那種引人誤會的話。」

還有，不要說綾子小姐的胸部是怪物。

唔，好吧，我是可以理解妳的心情，可是應該有更好的形容詞吧。

比方說……神之類的?

神一般的胸部?

或是女神般的胸部?

……不不不，太扯了。嗯，沒錯，太扯了。

「唉唉~虧我覺得自己也還算有料，結果還是敵不過我家媽媽，看來只能期待今後的成長期了。畢竟我和媽媽也算是有血緣關係，感覺將來應該還有成長的空間。」

「……妳要講胸部的事情到什麼時候？」

「但是、可是！我有『女高中生』這個至高無上的價值！讓世間多數男人迷戀不已，卻又絕對不能出手的不可侵犯聖域：『女高中生』！只要加上這個禁忌的附加價值，應該就能對抗媽媽的胸部了吧？」

「很抱歉，我不是那種覺得『女高中生』有什麼特殊價值的男人。」

「什麼……居然對『女高中生』不感興趣……真不愧是巧哥，你果然是死忠的熟女派。」

「我對熟女沒興趣，再說綾子小姐又還不是熟女。」

「喂，巧哥……什麼熟女的，拜託你不要在大庭廣眾下說那種羞恥的話啦。」

「明明就是妳先說的！」

我們的對話簡直就是在胡鬧，要是被別人聽見了，肯定會嚇得退避三舍。真是幸好這條路上的行人很少。

「啊哈哈！對喔、對喔。」

傻笑說完後，美羽終於放開我了。

一隻手臂獲得釋放，我微微嘆了口氣。

「結果到底是怎樣？」

「嗯～沒怎樣啊～」

「……什麼沒怎樣。妳剛才也是，說什麼要和綾子小姐一決勝負……還有要向我進攻之類的。」

「其實……」

美羽稍微壓低聲音說道。

「昨天我和媽媽起了一點小爭執。結果……我就不小心脫口而出，說要是媽媽再繼續磨蹭下去，就由我來和巧哥交往。」

「……妳——」

「啊～啊～放心啦，我知道你想說什麼，所以不用全部說出來。」

她將雙手往前伸，打斷我的話。

「全部都是謊言。」

「謊言……？」

「嗯，沒錯。謊、言。既是謊言，也是為了撮合你們兩人的作戰計畫。我沒有半點想和巧哥交往的意思，所以你儘管放心。況且，我根本也沒把巧哥當成男人看。」

美羽用滿不在乎的口氣、開朗到近乎不自然的態度這麼說。

「妳為什麼要撒那種謊……」

「唔嗯，該怎麼說呢？因為媽媽猶豫不決的態度，讓我不由得感到煩躁……於是就在必須趕緊做些什麼的使命感驅使下撒謊了？」

「…………」

「我想，在我發出宣戰宣言之後，媽媽應該也會沒辦法再悠哉下去，而開始有所行動。也就是說，我想成為你們兩人的強心針。」

「…………」

莫名其妙。

這傢伙到底在想什麼？

「真是的，你不要那樣瞪著我啦。其實我也很清楚自己是在多管閒事。」

美羽鬧脾氣似的說完，嘆了一聲。

「我並沒有要妨礙巧哥的意思，相反的，我還想全力支持你們。你只要像先前那樣繼續向媽媽進攻就好。至於我——只會稍微任意行動。」

「什麼任意……」

「不用擔心，我答應你，我絕對不會做不利於你的事情。」

說到這裡，美羽朝我逼近一步。

用認真的眼神，直勾勾地仰望我。

「巧哥，你就稍微信任我吧。」

「…………」

「信任身為青梅竹馬，以及也許會成為你女兒的我。」

「……妳開那種玩笑，我很難信任妳耶。」

「啊哈哈，說的也是喔。」

從認真的眼神一轉，她的臉上又浮現輕浮笑意。

「總之——作戰計畫已經展開了，事到如今已無法中止。就算巧哥你有千百個不願意，我還是得請你配合。」

「………」

「還有，剛才那些話絕對不可以告訴媽媽喔。我接下來會繼續在媽媽面前表現出『最喜歡巧哥了！』的樣子……但你可別會錯意，真的喜歡上我喔～」

以那種像在開玩笑的台詞結束對話，美羽獨自走向車站。

依舊困惑的我，只能默默注視著她的背影。

大學的午休時間。

在學生餐廳吃完午餐後，我和朋友梨鄉聰也一起前往校內的操場。

稍微做了一下伸展之後，我們拉開距離，互相投擲飛盤。

我和聰也都是「終極飛盤」社的社員。

「終極飛盤」。

這項運動雖然冠上了終極二字，但是目前在日本的知名度還很低。

簡單來說——這是一項以飛盤來取代球，進行美式足球兼籃球比賽的體育活動。

同隊的隊員互相傳接飛盤不讓敵人拿到，只要在敵方陣營的達陣區接到即得分。

在日本，聽說許多玩家都是從大學開始接觸這項運動——而我也不例外，我同樣是在上了大學之後才開始玩。

說得更精確一點，其實我是在上大學之後才知道有這項運動。

我在迎新會上被邀請加入現在的社團，因為社團內的氣氛很好，於是就一直持續到現在。

活動本身相當和緩，練習時間則是一周頂多一次。

雖然我並不打算在大學認真地從事運動，不過對於一周只想活動一次身體的我來說，這個社團正好適合我。

「喔～原來如此。美羽做了那種事情啊。」

我一邊和聽也玩傳接飛盤而非傳接球，一邊找他商量今天早上的事情，結果他做出了感覺意味深長的回應。

儘管美羽叮嚀我這個作戰計畫必須「保密」……但是，找聽也商量應該沒有違反規定吧，我想。

「聽也，你覺得如何？」

「什麼東西覺得如何？」

「你覺得美羽她在想什麼？」

「那種事情我怎麼會知道啊？」

帶著苦笑這麼回答的他，以一記正手投擲將飛盤投了過來。

接住沿著美麗軌跡飛來的飛盤後。

「說的也是。」

我一邊點頭，一邊以反手投擲將飛盤投回去。

「我和美羽見面的次數屈指可數。既然和她認識超過十年的你都不知道了，我怎麼可能會曉得呢。」

「話是這麼說沒錯啦……」

「不過……也是啦，有些事情就是因為關係太親近了才會看不清。」

「…………」

對於說得一副心有戚戚焉的聽也，我無言以對。

歌枕美羽。

比我小五歲的鄰家女孩。

相識已超過十年。

說起彼此的關係——應該可以算是相當親近吧。

「該怎麼說呢？如果單就情境來看，這簡直就像是『我突然搞不懂認識多年的青梅竹馬女孩在想什麼了』這種會出現在愛情喜劇中的情節……不過，你的情況又更複雜了。」

聽也露出困窘的表情說。

「我總覺得是一個家有青春期女兒的疲憊上班族老爸，在找我商量『我最近都不懂女兒在想什麼』。」

「誰是疲憊的上班族啦……」

我雖然姑且吐槽了，語氣卻強硬不起來。

唔，確實沒錯耶。

假使將來美羽成了我女兒，我現在就等於是找朋友商量青春期女兒（暫定）的事情。

感、感覺好複雜……

我到底是在找人商量什麼啊？

「嗯，這個嘛……如果可以任意表達我個人的意見——」

聰也一面做出這樣的開場白，同時大大地將手高舉，以倒盤的方式將飛盤猛力投向上方。

飛盤描繪出山巒般的軌跡，朝我飛來。

「我是覺得，就隨美羽高興怎麼做就好啦。」

「隨她高興……？」

我一邊勉強接住軌跡稍微偏離我的飛盤，一邊反問，結果聰也微微點頭。

「我只和美羽見過兩、三次面，就算說得客套一點，我和她之間的交情也不算深……儘管如此，我依然感覺得出她有多麼重視你和綾子小姐。」

「…………」

「我覺得，美羽她應該是一個腦袋非常聰明的女孩。這裡的聰明不是指讀書方面……而是在做人處事上。她既懂得察言觀色又善於交際，雖然看起來好像什麼都沒在想，實際上卻思慮周延也懂得表達……她能幹得不像是一般高中生。」

「你對她讚不絕口耶。」

「我只是把你心裡可能的想法說出來啦。」

「……如果是這樣，那你就稱讚過頭了。」

「既然如此聰明的美羽是依著自己的想法在行動，那麼我想應該不會出什麼差錯才對。」

「是這樣嗎……」

我將帶著疑慮的心情，隨著飛盤投擲出去。

聰也輕輕鬆鬆地，就接住力道不小心稍微加重的飛盤。

然後，他微微沉下臉。

「但是，正因為如此──正因為她很聰明，才教人有些擔心。」

接著說。

「她雖然是個愛笑又健談的女孩……卻也有著莫名冷淡、過於達觀的一面。那樣的她說好聽點是很能幹，說得不好聽……就是有種勉強自己裝成熟的感覺。」

「…………」

「不過這也有可能是我想太多啦。」

深深嘆息之後，聰也再次舉起飛盤。

「說到底，最終問題還是在於你有多少度量。你就別畏畏縮縮地，儘管接招吧。無論美羽在策劃什麼、無論最後結果如何，你都只要以寬大的胸襟去接受就好。」

他扭轉上半身，大大地將飛盤往後拉，然後利用全身的彈力，使出一記凌厲的反手投擲。

「好好加油吧，老爸。」

「誰是老爸啦。」

一邊回嘴，我用雙手穩穩地接住以今日最強力道飛來的飛盤。

♥

「我回來了～」

傍晚，美羽從學校回來了。

「媽媽～我肚子餓，有沒有東西可以吃？就是可以在晚餐前稍微墊一下肚子的點心。妳有用剩下的雞蛋做蜂蜜蛋糕或布丁嗎？」

我怎麼可能剛好有做那種東西啊。

之類的。

若是平常的我，大概會像這樣傻眼地輕鬆回應吧。

但是今天的我——

「美羽，妳坐下。」

卻不理會對方的話，連一句「歡迎回來」也沒有，就對進到客廳的美羽這麼說。

「妳坐那裡，我有話跟妳說。」

「…………」

美羽不發一語，乖乖地在我面前坐下。

我以為自己的態度相當嚴厲，然而她卻似乎不覺得驚訝。

甚至還一副早有預料的樣子。

「妳要說什麼？不過就算這麼問，其實我也大概猜得出來啦。」

對著微微苦笑的美羽，我下定決心開口。

「……今天早上的那個是怎麼回事？」

「什麼那個？」

「就是……那個就是那個啊。唔，要怎麼說……就是妳突然在我面前和阿巧勾手，還宣布要和我一決勝負……」

嗚嗚……感覺好丟臉。

我本來想盡可能態度嚴肅地說，可是對話的內容實在讓我不由得害羞起來。

「妳後來……應該沒有就那樣和他走在街上吧？妳不要做那種奇怪的舉動，要是被附近鄰居撞見了——」

「媽媽……妳該不會是在嫉妒吧？」

「啥？」

「『明明連我都還沒和阿巧勾手走路』的那種嫉妒？」

「才、才沒有哩！妳在胡說什麼啊！」

雖然我的確只和阿巧牽過手，還不曾像情侶那樣手勾手——不對，重點不是那個！

「我沒有嫉妒……我只是以家長身分提醒妳。阿巧那時不也露出困擾的表情嗎？我是不知道妳在計畫些什麼，但是妳不要也給他添麻煩了。」

「……以家長身分啊。」

美羽以意味深長的語氣重複我的話。

「好吧，我承認媽媽說的話是對的，不過，我不希望妳拿那種一成不變的大道理來阻礙我的感情之路。」

「感、感情之路……」

「沒錯，感情之路。我昨天不是說過嗎？我要和巧哥交往。」

美羽說道。

「因為突然就告白有可能會失敗，所以我打算從讓他意識到我是個女人這一點開始努力。而且因為巧哥現在可能只把我當成妹妹看待，我想我得採取相當大膽的攻勢才行～」

「……妳給我適可而止一點。」

極其冰冷低沉的聲音從我口中發出。為了壓抑內心的動搖與困惑，我只能勉強擺出冷酷的態度。

「我已經知道妳在想什麼了啦。」

「咦……？」

「妳所做的一切——其實都是為了刺激我吧？」

「…………」

「妳只是為了讓遲遲不對告白做出答覆、態度猶豫不決的我著急——才故意假裝要對阿巧出手。我沒說錯吧？」

我才沒那麼笨。

我不是會完全聽信女兒之言的，那種老實的女人。

經過今天一整天冷靜地思考——我終於想到了。

想到美羽有可能是為了撮合我們，才會故意扮演壞人、扮演競爭對手——

「…………」

美羽一言不發地低下頭。

大概是我的推論說中了她的想法吧。

「美羽，妳聽我說……我很高興妳有這份心，可是妳不用為了我們那麼拚命啦。因為我們的事情……是我們兩人自己的問題。再說，我、我也不是什麼想法都沒有就延後做出結論……該怎麼說呢，這、這種事情終究還是需要慢慢地花時間——」

「——噗噗！」

儘管覺得難為情，我還是盡量好聲好氣地對美羽說，但是她卻像在嘲笑我的體貼一樣，用雙手在胸前比出大大的叉。

「很可惜！大錯特錯，媽媽未免也錯得太離譜了。」

「…………」

「我怎麼可能會為了媽媽犧牲到那種程度呢。討厭啦，媽媽妳也太自我意識過剩了吧！妳到底以為我有多喜歡妳啊？」

「……！」

「就如同我昨天所說的，我單純只是因為覺得被優柔寡斷的媽媽耍得團團轉的巧哥很可憐，才會決定由我來代替妳和巧哥交往。既沒有其他理由，也別無居心。」

美羽帶著一如既往的開朗笑容，全盤否定我的猜測。

她那種像在打迷糊仗，又感覺有些瞧不起人的態度，讓我益發感到不安……同時，情緒也漸漸煩躁起來。

真是的！

這孩子是怎麼搞的！

為什麼……為什麼我非得被這樣鄙視不可？

「話說回來，媽媽——妳其實很害怕吧？」

「害、害怕……？」

「妳是不是想到如果和我爭奪巧哥，自己有可能會輸，心裡就害怕得不得了？」

「啥……」

面對美羽志得意滿的挑釁，我不禁一怔。

「什、什麼爭奪的，妳在胡說什麼啊？阿巧又不是物品！」

「也是啦，也難怪妳會害怕了～」

美羽無視我的抗議，逕自說下去。

臉上還帶著像是要盡全力煽動人心、令人火冒三丈的笑容。

「畢竟就算看起來再年輕，媽媽也已經三十多歲了嘛。就一般世人的觀點，妳已經徹底是個大嬸了。」

「大嬸……」

「反觀我則是青春洋溢的一字頭！現任的女高中生！這麼一來，我們是不是還沒開戰就已經分出勝負了啊？」

「……呵！呵呵呵。」

我笑了。

氣到只能笑出來。

我本來想盡可能和平解決這件事——但是都被人說成這樣了，豈有默不作聲的道理！

為了維護全國三字頭女性的尊嚴，我非反駁不可！

「……這、這妳就不懂了，美羽。女人這種生物不是只要年輕就好啦。女性要在年齡增長到某個程度之後，身上才會散發出獨有的沉穩和包容力。在疲憊的現代男性之中，應該有許多人都渴望在女性身上尋求那種特質吧？」

「沉穩……？包容力……？」

「妳不要一臉吃驚的表情！」

見到她用「咦？妳有那種東西嗎？妳知道什麼叫做客觀思考嗎？」的表情看著我，我都快哭出來了。

雖、雖然我確實可能欠缺那種特質！

雖然自從被阿巧告白之後，我的沉穩和包容力就化為烏有，自始至終都是驚慌失措的模樣！

「單就戀愛這方面而言……媽媽完全缺乏三字頭女性的沉穩。」

美羽淡淡地說。

與其說責備……她的口氣更像是同情。

「明明自己從不主動做些什麼，還拖拖拉拉地不肯對告白做出答覆，卻一見到對方和別的女人在一起，就表現出煩躁的樣子。妳這人再麻煩也該有個限度吧？這已經超越女高中生，簡直是國中生的水準了。不對，這樣說對國中生太失禮了。該怎麼說呢……身為女性，妳實在太不像樣了。」

「……唔、唔唔……」

無、無可反駁。她的一字一句如利刃般剜割我的臟腑，但是因為太有道理了，讓我完全無言以對……

唔哇啊，我這個女人怎麼會這麼麻煩啊。

她不過是客觀地將事實羅列出來，就讓我感到無地自容……

「這下妳明白了吧？明白我和媽媽，誰才是真正適合巧哥的女人。」

「……我、我也許的確是個……明明都三十好幾，卻缺乏沉穩和包容力的麻煩女人……我不否認有那種可能性——但是！」

我說道。

「阿巧說他喜歡那樣的我！」

在激昂的情緒下，高聲大喊。

「阿巧喜歡的人是我！所以不管美羽妳做什麼，他都不會被妳打動的！因為……阿巧他真的很喜歡我，非常地珍惜我……呃，那個，所以……嗯。」

……說著說著，猛烈的羞恥感突然湧上心頭。

呃，等一下。

我到底在說什麼？

總覺得……我好像在說超級丟臉的話？

「唔嗯～好吧……這麼說也是啦。」

和幾乎快被羞恥心殺死的我形成對比，美羽的態度始終冷靜。

「因為最重要的巧哥非常迷戀媽媽，所以這場比賽媽媽占有相當大的優勢，我的處境則是極為不利。這一點，我從一開始就知道了。不過——如果對手是現在的媽媽，我想我依然握有勝算。所以——」

美羽接著說。

一面用挑釁的眼神瞪著我。

「到頭來，妳我還是只能一決勝負，認真來一場看誰能攻陷巧哥的對決。」

「…………」

「我可先聲明，媽媽妳沒有權利拒絕喔？應該說……無論妳拒絕與否，我要做的事情都不會改變，我照樣會盡全力攻陷巧哥。如果不希望那種事情發生，妳只要向巧哥示好就好。是不是很簡單啊？」

「…………」

「還是說——妳果然很怕輸給我？」

見我說不出半句話，美羽繼續以煽動的口吻刺激我。

「這場比賽明明對媽媽這麼有利，妳卻還是沒有自信？覺得自己的女性魅力要是輸給我這個女兒，妳身為母親的威嚴就蕩然無存了？」

「唔……妳、妳還真敢說啊。」

我怒目回應她試探性的目光。

「……好啊，這樣正合我意。」

我說出口了。

「雖然不知道妳究竟在想什麼，但是我決定接受妳的挑釁。」

我非常清楚自己在說蠢話。

居然接受女兒的挑釁，決定加入這種胡鬧的比賽。

但是——我不知道自己還能怎麼做。

既然不管我加入比賽與否，美羽要做的事情都不會改變，那麼在現階段，繼續爭論下去也只是徒然。

再說，更重要的是。

都被女兒這樣當面挑釁了，我這個做母親的怎麼可以退縮。

「美羽，我絕對不會把阿巧讓給妳的。」

「好啊，歡迎之至。」

美羽愉悅地笑道。

「呵呵！好期待喔～母女爭奪巧哥的不仁不義之戰……最後究竟會變成什麼樣的地獄呢？」

一邊事不關己似的說，美羽站起身。

然後就這麼橫越客廳，朝掛在牆上的月曆走去。

「而且剛好又有夏天的活動呢。」

她邊說邊指著的——是月曆上七月底的日期。

多數學校開始放暑假的時期。

美羽所指的日期欄位上是這麼寫的：

「左澤家、歌枕家，去夏威夷渡假村Z家族旅行！」

「呵呵～我該穿什麼樣的泳裝來迷倒巧哥呢？」

「…………」

和神情快活的美羽相反，唯獨我一人愕然失神。

啊，對了。

我完全忘了。

開始放暑假之後——有每年例行的家族旅行！

第二章
上京與泳裝

第二章
上京與泳裝

♥

七月下旬——

三天後就要前往溫泉渡假村舉辦家族旅行的日子。

這一天，我為了工作，搭乘新幹線來到了東京。

我所任職的公司——「燈船」股份有限公司。

這間公司，是由從前為大型出版社的王牌編輯的狼森夢美獨立創建，業務內容非常多樣……實在很難向他人說明，但總之跨足了漫畫、動畫、電玩遊戲等各式各樣的娛樂事業。

「燈船」的總公司位於東京。

我雖然基本上都是在家工作，不過大概每隔幾個月，就會被找去總公司或客戶的公司一次。

儘管現在這個社會遠端工作已經相當普及了，還是有許多工作非得直接去現場處理不可。

「嗯～這麼一來，應該就大致打過一輪招呼了。」

從客戶公司所在的大樓出來後，狼森小姐大大伸了個懶腰。

她依舊是一身褲裝的套裝打扮。

而我也久違地穿上了套裝。

我平常都是穿著家居服，甚至不時還會直接穿著睡衣在家工作，不過穿上套裝之後，情緒果然就整個緊繃起來。

有種「要開始工作嘍」的感覺。

「抱歉啊，帶妳到處跑來跑去的。因為歌枕妳好久沒來這裡了，我有好多新的人和公司想要介紹給妳。」

「不會，沒關係。」

我微微搖頭。

完成總公司的工作之後，狼森小姐帶著我四處拜訪新合作的企業、創作家，把我介紹給他們認識。

雖然她說「很抱歉帶著我到處跑」，不過我真的很感激她願意像這樣替我拓展人脈。

話說回來——我是被特准在家工作的特例中的特例。

即使偶爾來東京被社長帶著到處跑，我也沒有什麼理由好抱怨的。

「不過話說回來……天氣真的是愈來愈熱了。」

走在都市擁擠的人潮中，狼森小姐發起了牢騷。

時間是下午四點多。雖然已經過了最熱的時段，夏天的暑氣依舊殘留在柏油路上。

「歌枕妳住東北，應該很受不了這麼熱的天氣吧？」

「其實也還好，因為我家位在東北地區南邊的盆地。大概是沒什麼風的關係，那裡的夏天意外地炎熱呢。」

「是喔。那妳家那邊不會下雪嗎？」

「……雪倒是會下。」

明明是東北，夏天卻很熱；又因為是東北，冬天必定會積雪。

連我都覺得自己住的地區有夠麻煩。

「歌枕，妳今天會在這裡過夜對吧？」

「是的，我已經訂好旅館了。因為我明天還想到總公司處理一點事情。」

美羽還小時，我都是盡可能當天來回，不過自從她升上國中之後，為了工作外宿這件事也解禁了。因為美羽主動表示：「媽媽操心過頭了。才一天而已，我一人在家不會有問題的。」

「這樣啊。那今天晚上，妳就盡情享受久違的單身夜吧。對了，要不要我來作陪啊？我們兩人一起到歌舞伎町那一帶如何？」

「歌、歌舞伎町……妳想帶我去哪裡啊？」

「到我常去的男公關俱樂部。」

「我不去。」

「那去男性酒吧呢？」

「不用了！」

我全力拒絕。

「妳也不用厭惡成那樣吧……那不是什麼不正派的店喔？只是一邊接受英俊男士們的接待，一邊品嘗美酒的地方。算是一種淑女的嗜好啦。」

就算妳跟我說這些，不行還是不行。

不管是歌舞伎町、男公關俱樂部，還是男性酒吧，統統不行。

雖然知道全部都沒去過的我，說這種話是出於偏見……但是總之，我的個性就是無法接受那種空間！

「哎呀呀，歌枕妳這人有潔癖耶。這搞不好是妳最後的機會喔？」

「最後的機會……？」

「假使妳真的和左澤交往了，今後應該就沒辦法夜遊了吧？如果要放肆玩樂，就只能趁現在。若是現在，不管做什麼都不算劈腿。」

「……請不要說得好像在最後單身夜，找下屬去夜遊的男上司一樣。」

見到我一臉厭煩地這麼回應，狼森小姐嘻嘻一笑。

「好啦，我不勉強妳。不過，妳至少讓我請妳吃頓晚餐吧？」

「如果只是吃飯，那我非常樂意。」

「知道了。不過……接下來要怎麼辦呢？現在離晚餐時間還有點早，可是回公司又待不了多久。」

「……那個，狼森小姐。」

我開口。

「妳如果有空——可以陪我去買東西嗎？」

我在狼森小姐的帶領下，走在東京的街頭上。

我們攔了一輛計程車前往最近的車站後，便一會上、一會下地在車站大樓內蜿蜒而行。

唉……東京的道路還是一樣複雜。車站內部及其周邊簡直就是迷宮。要不是有狼森小姐在身邊，我一定早就迷路了。

可能也沒辦法自己購物吧。

「——喔，妳們要去溫泉渡假村舉辦兩天一夜的家族旅行啊。」

在前往車站附近的百貨公司的途中。

狼森小姐在聽了我的一番說明後這麼回應。

「而且還跟隔壁的左澤家合辦。」

「……因為我爸手上有那間渡假村的股份，所以每年都會收到股東優待券。由於我每年都會拿到大概兩天份的優待券，於是就分給左澤家，想藉此感謝他們平日的照顧，結果他們說『機會難得，不如一起去吧』，後來就不知不覺變成每年夏天的固定行程了……」

「是喔。不過，這明明是一件值得開心的事，妳的表情怎麼悶悶不樂的？」

「……因為今年情況比較特殊啦。」

我嘆息道。

「那間渡假村很受歡迎，每到暑假就會人潮大爆滿，所以飯店都是大約半年前就預訂好的……可是，今年阿巧的爸爸聽說突然有工作必須處理。」

即便想要改期，也因為暑假期間預約爆滿而沒得更改。

阿巧的爸爸不得已必須缺席。

然後，阿巧的媽媽也因為不好意思丟下老公一人，所以同樣缺席。

「因為左澤夫婦沒辦法來，阿巧本來也很猶豫要不要去……然而我卻有些強硬地邀請了他……」

「咦？歌枕妳邀了他？」

「……是的。」

「喔～妳可真大膽啊。」

「不、不是的！是因為安排行程的時候……我還沒有被他告白！」

我記得，那是在四月上旬左右。

我大力邀請了當時猶豫該不該和我們母女一起過夜旅行的他。

『去啦，阿巧，這是一年難得一次的旅行耶。有你在，我和美羽都會很開心的。』

就像這樣。

「……那個時候，我完全沒發現阿巧對我有意思……所以純粹是以邀請兒子或弟弟的心態邀請他……」

「而左澤被妳這樣大力邀約，大概也沒辦法拒絕吧。」
「不僅如此——他在旅館還會和我住同一間房間……」
「咦……？妳和左澤……？」
「是的……不過美羽當然也會同房……而這也是我主動邀請他的。」
「……要怎麼說呢，原來妳在不知不覺間變成肉食女了啊。」
「並、並沒有！我當時根本沒想那麼多！因為那是發生在阿巧向我告白之前的事情……」
我們原本是預訂兩間房。而阿巧主張要自己一人睡左澤家原本要住的那間房——然而我卻強力否定他的主張。
『不行啦，阿巧。這樣太浪費住宿費了，還是取消掉吧。反正房間也只是用來睡覺而已，我們睡同一間房就好了呀，一個人睡家庭房太奢侈了……再說，要是阿巧你取消了，就有一組候補的客人可以入住了耶？』
就像這樣。
他一直猶豫到了最後一刻，但最終我還是不顧一切取消了訂房。

唔哇啊。唔哇啊啊……！

四月的我究竟在做什麼啊？

我居然自己提議要和阿巧睡同個房間……！

「哎呀呀，真是諷刺啊。說好聽點，都是因為妳把左澤當成家人一樣信賴；說難聽點，則是因為妳根本沒把他當男人看。就是因為妳完全沒有察覺他的心意，才會毫不猶豫、很爽快地開口邀他去過夜旅行。」

狼森小姐誇大地聳聳肩膀。

「左澤這十年來，大概一直都被妳這種毫無自覺的誘惑耍得團團轉吧。真是讓人不禁感到同情啊。」

「……唔唔。」

我無言以對，只能低聲哀號。

總之，因為過去的我所犯下的錯——這次的家族旅行，我們母女和阿巧將在同個房間共度一晚。

啊，事情怎麼會變成這樣……？

過去活得無憂無慮的我，居然眼看就要害死現在的自己……

唉……雖然我們已經有在賓館共度一晚了，但我還是完全無法習慣和他一起過夜。光是想起這件事，緊張與不安就讓我幾乎陷入恐慌。

而且。

今年令人憂心忡忡的旅行，最近又發生一件讓人擔憂的事情。

「原來如此，我大致明白狀況了。那麼，就由我狼森夢美——來為妳挑選適合這趟前途多難的家族旅行的泳裝吧。」

「……麻煩妳了。」

我希望狼森小姐陪我——去買泳裝。

像狼森小姐這樣把名牌貨搭配得品味非凡的人，照理說應該也會知道哪家店有賣適合我的泳裝。我先前就打算趁著這次來東京，有時間的話就拜託她陪我去買。

「不過我還挺意外的耶，沒想到歌枕妳居然會拜託我這種事情。」

「咦……？」

「我記得妳好像說過，妳一向都是和美羽一起去買衣服？」

「這……是這樣沒錯。」

這幾年，我的服裝幾乎都是美羽幫我搭配的。小時候明明都是我幫她挑選，如今美羽卻比我更了解時尚。

就連新泳裝，其實我本來也是打算和美羽一起去買。

「不過……現在我有點難開口拜託她。」

「嗯？好難得喔，妳們不會吵架了吧？」

「吵架……是也沒有到那種程度。」

我反而——希望我們有吵架。

若是彼此直言不諱地衝突、坦白表達自己的意見，心情說不定會舒暢許多。

可是現在，卻老是有種不舒暢的感覺悶在心裡。

「最近……我實在不懂美羽在想什麼。」

「是喔，那樣很健康啊。」

「咦？」

狼森小姐出乎意料的回答，讓我不禁愣住了。

健康？

「不懂就讀高中的孩子在想什麼……這很像是一個母親會有的正常煩惱啊。身為父母，猜不透青春期的孩子在想什麼是理所當然的啦。」

「………………」

「所以，我覺得歌枕妳會有那種煩惱，是極為健康而且正常的事情。反倒是驕傲地自認『我對孩子的事情無所不知。世上最了解孩子的人是我』的父母才不正常呢。那種父母表面上雖然看似有認真面對自己的孩子，實際上根本什麼都不懂。」

狼森小姐滔滔不絕地說。

「我雖然只見過美羽幾次面……但我總覺得她有點太乖巧了。既然那樣的她採取了反抗態度……呵呵呵，這可是好現象呢。她會不會正是因為打從心底認同妳是自己的母親，才會想稍微跟妳撒撒嬌呢？」

「……是這樣嗎？」

撒嬌……是嗎？

可是看起來一點都不像啊。

「不過嘛，這純粹只是我的猜測。妳要是太當真，我也挺傷腦筋的。」

接著，狼森小姐難得地，真的是很難得地以略微不自信的態度，補上一句。

「這只是一個連孩子都沒生養過的女人，用一知半解的知識在道聽塗說罷了。妳隨便聽聽就好。」

她的嘴角雖然一如往常地浮現無畏且嘲諷的笑意，然而那抹笑容卻感覺有些落寞。

進入百貨公司後，我們兩人搭上了電梯。

來到目的地的樓層，只見那裡處處林立著名牌精品店。

狼森小姐精神抖擻地走在洋溢著高級感的空間裡，我則心驚膽戰地跟在她後面。

不久，她熟門熟路地進到一家店。

「狼、狼森小姐……？是這裡嗎？我們要在這種地方買泳裝？」

「我是這麼打算的。」

「可是……這裡感覺好像很貴。」

那是一間氣氛優雅沉穩，充滿名牌感的商店。

瀰漫著一股會讓十幾二十歲的小女孩不敢踏進來的高格調氛圍。店內一角也有泳裝賣場，然而和我人生至今去過的泳裝賣場截然不同。

架上的泳裝儘管華麗，風格卻又不會過於強烈，散發出沉穩優雅的氣息。這些泳裝大概不是以年輕人，而是以成熟女性為客層所設計出來的吧。

而且恐怕是……有錢的女性。

「這些全部像是外國貴婦會穿的泳裝耶……」

「妳的觀察相當正確。這是個在外國的模特兒和貴婦之間也很受歡迎的品牌。」

「我沒有那麼多的預算可以買泳裝……」

「放心，沒問題的。這個品牌的東西確實很貴，不過這家店裡也有一些價格比較合理的商品，應該可以用實惠價格買到品質好的泳裝。」

「可是……要怎麼說……這裡的東西對我來說好像有點太時髦了，還是平民一點的店比較適合我。」

「妳在說什麼啊？剛才我問妳想要哪種泳裝時，妳不是回答我『想要成熟款式』嗎？」

「我、我是這樣說過沒錯，可是……」

「歌枕，妳已經是一名成熟的女性了。像妳這樣的年紀，擁有一兩套好的泳裝不為過啦。」

「可是……」

「況且——」

狼森小姐對躊躇不決的我說。

一邊從上到下掃視我的身體——最後將視線重點性地放在我的胸部上。

「以妳來說，要是不來這種地方……應該找不到妳能穿的尺寸吧？」

「…………」

被說中了。

就是這樣！

到處都沒有我的尺寸！不管是內衣還是泳裝……凡是我覺得可愛的、想要的，大致上都沒有我的尺寸！

「哎呀，沒關係啦，總之就先看看嘛。至於要不要買，便等到試穿後再決定。」

「……好吧。」

被狼森小姐說服的我，開始環視店內的泳裝。

喔～哇啊～

好多時髦的泳裝。

設計既講究又成熟……要怎麼說呢，雖然有點性感，卻又完全不會讓人覺得低俗。價格也如狼森小姐所言，並沒有想像中那麼昂貴。

如果是這樣……的確會讓我想試穿看看。

就在原本畏縮的我稍微提起興趣時。

「歌枕，我找到一套不錯的，妳趕快去試穿看看。」

狼森小姐拿著一套泳裝，拍拍我的肩膀。

「咦？這麼快……請、請等一下，我還在看……」

「走啦、走啦。」

「等、等等……我還沒做好心理準備……！」

「走啦、走啦。」

狼森小姐硬拉著我的手，將我和她塞給我的泳裝一起扔進試衣間。

真不愧是高級商店，試衣間好寬敞。裡面有好大的鏡子和置物籃，還有……女性試穿泳裝時需要的各種物品。

「……唉，真是的，她老是這麼霸道。」

我一邊嘆氣，一邊脫下身上的衣服和內衣。每次都違抗她的意思也挺累人的，現在還是乖乖聽她的話好了。我帶著那樣放棄抵抗的心情更衣。

然後——約莫五分鐘後。

我試穿了狼森小姐所選的一套泳裝。穿是穿了……可是。

唔哇啊……這、這是什麼……？

呃……這會不會有點太猛了？

不管怎麼說……感覺也太色情了吧——

「——換好了嗎？」

「呀啊啊啊！」

唰的一聲。

我背後的簾子突然被打開，害我忍不住驚聲尖叫。

「真、真是的！不要擅自打開啦！」

把我的強烈抗議當成耳邊風，狼森小姐以饒富興味的眼神看著我。

看著我穿上泳裝的肉體。

「喔喔，不錯嘛，相當適合妳耶。」

「才不適合！這套好像變態的泳裝是怎麼回事？」

我身上的泳裝，若以一句話來形容就是——V。

V。

英文字母的V。

自肩膀延伸的兩條布在胯下相連，以細窄的布料遮住私密部位。

不對。

嚴格來說……幾乎什麼都沒有遮到。

只有胯下勉強遮住了，胸部則幾乎露在布料外面。至於臀部……布料徹底陷進了股溝內。

映在身後鏡子裡的背影，簡直跟沒穿沒有兩樣。

「適合是適合，不過……嗯，感覺比我預期的還要猥褻十倍耶。」

「這還用說嗎！穿成這樣幾乎跟裸體沒有差別！」

「唔嗯，重新這麼仔細一看……歌枕，妳的肉體果然色情到暴力的程度耶。尤其胸部格外凶猛。儘管巨大卻水嫩又有彈性，而且感覺還好柔軟……就連我這個女人都快失去理性了……然後臀部也——」

「請不要那麼仔細地評論！」

我氣得跺腳，表達強烈的抗議。

可是──那個舉動反到成了致命傷。

V字泳裝的細窄布料本來就幾乎包不住我的胸部了，結果又因為我用力跺腳，那瞬間──泳裝歪了。

兩邊的胸部彈也似的飛出去。

「喔喔！」

「咦……呀啊啊啊！」

不由得驚呼的狼森小姐，以及連忙遮住胸部的我。

啊……嗚嗚，我真是受夠了！

事情怎麼會變成這樣啦……？

「……哎呀，結、結果不小心看到好驚人的畫面呢。我還以為有東西爆炸了哩。」

狼森小姐以看起來困窘又害羞的表情說。

「真是的，妳讓我意外遇上這種養眼福利有什麼用呢？」

「這、這又不是我願意的！」

「這種事情，妳應該要在左澤面前做啊。」

「打死我也不要！」

我淚汪汪地大喊。

然後一邊瞪著狼森小姐，一邊迅速將泳裝穿好。

「嗚嗚……我要回去了！」

「喂喂喂，沒必要鬧脾氣吧。」

「我才沒有。我不是在鬧脾氣……而是沒勁了。」

沒勁了。

突然一下就沒勁了。

我本來鼓起勇氣想要買新泳裝……可是發生這麼令人羞恥的意外，我失去了僅存的一絲動力。

「我果然還是……不適合這種時髦的名牌泳裝啦。普通老百姓就算勉強逞能，也只會讓自己難堪而已。再說，我也已經不是會在游泳池大肆玩樂的年紀了。這把歲數還穿這種高調的泳裝……也只會讓人覺得慘不忍睹。」

「…………」

「雖然去年和前年都有去游泳池，不過我並沒有換上泳裝，只有在泳池畔看美羽他們玩……所以，今年我也只要那麼做就好。」

「…………」

「況且，那裡的游泳池每到暑假都擠得像沙丁魚一樣，根本沒辦法好好游泳。嗯，果然還是不需要買什麼新泳裝——」

「——歌枕。」

尖銳的語氣。

原本始終笑嘻嘻的狼森小姐，忽然斂起笑容注視著我。那副眼神像在責備我，又好像覺得不可置信一般，充滿了平靜的怒氣。

「妳今天——本來是為什麼想買新泳裝？」

「咦……」

「妳剛才說『去年和前年都去了游泳池，卻沒有換上泳裝』，既然如此，妳為什麼今年會想要穿泳裝？」

「我……」

「是因為想穿給左澤看對吧？」

不待我回答，狼森小姐逕自說下去。

「想要在游泳池讓喜歡自己的男孩，看看自己穿泳裝的模樣。然後既然都要展現自己的肉體了，還是想讓自己看起來美一點。我沒說錯吧？」

「……是這樣沒錯。」

為她篤定的口吻和銳利目光所折服，我投降似的點頭。

沒錯，就和她說的一樣。

儘管多少也是因為想對抗向我下戰帖的美羽，但是最大的原因，還是因為我想穿泳裝給某個人看——

「可、可是，我並不是因為想要穿給他看……而是覺得對方說不定會『想看』，所以才……」

阿巧可能會想看吧。

看我穿泳裝的樣子。

既然要去游泳池，那麼他應該也會期待這種事情吧。

直到去年為止——我從來沒有思考過這一點。

因為我完全沒想到阿巧居然喜歡我。

一直以為沒有人會對我穿泳裝的樣子感興趣。

可是今年——

「……如、如果阿巧『想看』，那麼我也想回應他的期待……雖然，那個，我很清楚自己這樣完全是自我意識過剩。」

「這才不是什麼自我意識過剩。身為女人，會想要展現更美麗的自己是極為正常的本能。何況對方是對自己有好感的人——是把自己當女人看待的人，那麼更是理所當然，沒什麼好羞恥的。」

「…………」

「在意年齡只是浪費時間而已，沒有比這更愚蠢的了。」

「什、什麼愚蠢……我可是很認真地在煩惱——」

「歌枕，妳聽好了。」

她打斷我的話，語氣強硬地說。

「妳或許的確已不再年輕，或許已經踏入會被有些人稱作『大嬸』的年紀。也或許會被世人要求言行舉止應該具備和年齡相符的沉穩。」

「但是。」她接著說。

「在剩餘的人生中，最年輕的時刻永遠是『現在』。」

「——！」

我有種醍醐灌頂的感覺。

狠狠地。

她的話刺入胸口。

以無比的尖銳，剜挖我的內心最深處。

「無論妳我，每個人都一天天地在變老。一旦過了三十歲，年紀的增長就不再是成長，而只能算是老化。今天比明天老、明天比後天老，我們將只會漸漸老去。」

她的語氣益發激情洋溢。一想到這番話，是出自比我在這世上活得更久的女性之口……感覺便更顯沉重。

「年過三十還穿高調的泳裝很丟臉？如果妳『現在』說這種話，明年、後年就只會覺得更丟臉。妳一旦像這樣自己對自己下詛咒——就會再也不敢在人前穿泳裝。」

「…………」

「無論理由是什麼，妳都『想讓左澤看』自己穿泳裝的模樣吧？『想讓他看見』更加美麗的自己吧？既然如此，那就好好珍惜『現在』的那份心情。」

狼森小姐咧嘴一笑，落落大方地說。

「不需要為誰感到羞恥，只要盡全力穿上高調的泳裝就好。將妳歌枕綾子在剩餘人生中最年輕的肉體，毫不保留地展現給左澤看吧。」

「狼森小姐……」

整顆心都熱了起來。

我不由得眼眶一熱，感動不已。

「……對不起，我又把年齡當成藉口了。」

我微微低頭致歉後說道。

「我想要……鼓起勇氣，穿上好一點的泳裝。為了向他展現在剩餘人生中，最年輕的我。」

「那樣很好。」

「可是……」

儘管我終於下定決心——然而在如此感人的氣氛下，依然有一個無法忽視不管的問題。

我望向自己的身體說道。

一邊注視自己因「V」字泳裝而幾乎裸露的身體。

「不管怎樣……我絕對不穿這套泳裝。」

「放心吧，那套泳裝只是整人道具。接下來我會認真挑選的。」

原來是整人道具。

既然她說接下來會認真挑選，就表示先前果然很不認真了。

我差點就要動手打人了。

第三章
假期與旅行

第三章
假期與旅行

♠

七月底——

多數學生開始放暑假的季節。

每到這個時期，左澤家和歌枕家一起前往位於本縣南邊的渡假園區：夏威夷渡假村Z，早已成了每年的固定行程。

兩天一夜的家族旅行。

今年基於不得已的原因，我的父母不會出席。

於是變成了歌枕母女和我的三人旅行。

當天，我們一早在歌枕家的停車場集合，三人一起坐上車子。

因為車子是綾子小姐的，在經過一番討論後，決定由我負責開車。

在高速公路上往南行駛兩小時後——

我們抵達了目的地。

「嗯！終於到了！呼～累死我了！」

夏威夷渡假村Z的停車場。

美羽一走下後座、站在停車場上，便大大地伸了懶腰。

「美羽，妳明明就只是坐車而已，有什麼好累的？」

綾子小姐一邊嘆道，一邊走下副駕駛座。

「只是坐車也很累人耶。呼～這一帶果然很不錯。因為離海近所以有風，就算很熱也不會覺得悶，感覺真舒服。」

「真是的……抱歉喔，阿巧，結果整條路上都讓你開車。」

「這點小事沒什麼啦。」

我一面回應，一面走下駕駛座，調整肩背包的位置。大件行李已經在剛才把車停在飯店入口時，交給工作人員保管了。

不經意抬頭——映入眼簾的是萬里晴空。

天氣晴朗。

儘管陽光燦爛，卻一如美羽所說的不會非常炎熱。

停車場和飯店四周，令人想到南方國家的椰子樹林立，在海風的吹拂下微微晃動。

夏威夷渡假村Z是有游泳池、溫泉、飯店、高爾夫球場……應有盡有的複合式渡假園區。

以夏威夷風格為概念，是東北最大規模的水上主題樂園。

四處林立的椰子樹、工作人員身上的夏威夷襯衫等等，園區內各個地方都充滿讓人聯想到南國的巧思。

由於園區內也設有室內溫水游泳池，因此不只是夏天，就連冬天也有許多人來此遊玩。

簡直就是──東北的夏威夷。

在縣內，是經常在電視上打廣告，凡是縣民任誰都會唱廣告歌的超人氣景點。

身為縣民的我從小來過好多次，這幾年則是每年都會和家人來一次──不過即使我現在已經二十歲了，來到這裡還是會覺得興奮。

更何況，今年的意義和以往都不同。

我的父母不在，只有我和綾子小姐、美羽的三人旅行。

然後更大的差別是——我「已經告白了」。

在已經將深藏許久的心意傳達出去的狀態下，進行兩天一夜的旅行。與以普通鄰居身分一起來的以往相比，情況大為改變。

對我來說是如此，然後對她而言恐怕也是——

「媽媽、巧哥，我們快走吧。」

美羽帶頭往前走，我和綾子小姐也跟在後面。

進到飯店，在大廳完成入住手續。

在推著行李推車的工作人員帶領下，我們前往要入住的房間。

「哇啊……好漂亮。」

綾子小姐環視房間，一邊忍不住發出讚嘆聲。

這是一間鋪有正方形琉球榻榻米，風格現代的和室。房間中央有一張單色調的長桌，周圍擺放著有椅背的日式座椅。

「這個房間真不錯，好寬敞喔。」

「就是啊。」

「要是阿巧的爸媽也能來就好了。」

「我父親也一臉懊惱地說『虧我今年終於狠下心訂了比較貴的房間』呢。」

「結果卻是我們住進阿巧家預訂的房間，還讓你們出一半的住宿費，真是不好意思。」

「請不要放在心上。」

當初訂房時，左澤家和歌枕家各自預訂了不同的房間。

可是我爸因為臨時有工作取消了，於是在綾子小姐的安排下，我要和歌枕母女同住一間房。

由於住宿人數變成三人，而我和父母原本預計要住的房間比較寬敞——因此，最後我和歌枕母女便住進左澤家以三名大人預訂好的房間。

「我想大家能夠玩得盡興，我父母也會覺得開心。」

「說的也是。」

一邊點頭，綾子小姐穿越房間，把手搭在紙拉門上。

然後猛地打開。

「真不愧是高價客房，望出去的景色也好漂亮，可以看得見海——咦？」

感動地讚嘆到一半，綾子小姐忽然僵住了。

敞開的紙拉門另一頭——確實是一片美麗的景色。

蔚藍的天空和大海。隨風搖曳的深綠色樹木。

任誰都會為之雀躍的夏日美景在眼前呈現。

可是，綾子小姐的視線——卻被固定在那片清新景色的前方。

「這、這是……」

「哇！好棒，房間裡有溫泉！」

美羽來到困惑的綾子小姐身旁，望著窗外興奮地呼喊。

在那裡的是——小小的浴室。

在被竹柵欄圍繞的空間裡，有稍嫌狹小的沐浴區，和檜木材質的四方形浴缸。熱水從出水口流出，白色蒸氣瀰漫四周。

「天啊，這也太讚了吧，房間裡面居然有浴池～巧哥，這裡隨時都可以使用嗎？」

「可、可以啊。」

「哇～第一次住這種房間，總覺得有點感動。我去看一下！」

美羽喜孜孜地朝更衣間跑去。

反觀綾子小姐則是語氣生硬地說。

「原、原來這是那種有附獨立露天浴池的房間啊……」

「是……是啊，也就是所謂的家庭浴池。」

因為我爸想要悠哉地邊泡溫泉邊喝酒，左澤家今年預訂了價格比較高、有附家庭浴池的房間。

「……對不起，我應該事先說清楚的。」

「不、不會，沒關係，我只是有點驚訝而已。因為我還是第一次住這種房間。」

嘴巴上說沒關係，她臉上卻布滿強烈的緊張與不安。

「所謂家庭浴池……是可以全家人一起泡的浴池對吧？」
「是、是的。就像是獨立出來給一家人或情侶包場的溫泉。」
「也就是說……是、是混浴？」
「與其說混浴……這個嘛，畢竟是包場，男女就算一起泡應該也沒問題。」
「男女……」
忽然間——綾子小姐看著我。
用羞紅的臉龐，對我投以熾熱的目光。
我也反射性地回望她，我們兩人互相凝視了幾秒鐘。
「「～～！」」
很快地，我們就彼此都漲紅了臉，連忙把視線移開。
「只、只是男女一起泡也沒關係的意思對吧？並、並不是因為可以一起泡，就非得一起泡不可！」
「沒、沒錯！就算不泡也沒關係！反正這裡還有很多別的溫泉！」
「說、說的也是！根本沒必要硬是在房間裡面泡湯嘛！」

綾子小姐猛力點頭。

「再、再說，今天美羽也在，我也不可能和阿巧一起泡……咦？啊……不對，不是這樣的！我的意思不是如果美羽不在就會和你一起泡！剛、剛才純粹只是口誤！」

「妳、妳放心，我明白！」

互相激動地嚷嚷之後，我倆累得氣喘吁吁。

我轉身背對她，深深地嘆息。

唉……

這樣下去真的沒問題嗎？

今天我們——三人要同住這個房間。

我要與心儀對象和她的女兒，在同個房間共度一晚。

內心當然也是有所期待，但是不安與緊張的感覺也同樣強烈。但願不會發生什麼不好的意外才好。

我暗自在心中如此祈禱——可是。

從結論來說，老天爺並沒有聽見我的禱告。

不祥預感應驗了。

這時的我，或許不該把注意力都放在綾子小姐身上，應該要更注意美羽才對。

直到後來我才明白，去看家庭浴池遲遲沒有回來的美羽，此時已經想出某個陰謀了。

在房間整理好行李之後，我們隨即前往游泳池。

和她們兩人在更衣室前分開，我獨自迅速換裝完畢。

一踏進室內泳池區——喧鬧與熱氣便迎面襲來。

連壞天氣也能應對的巨蛋型大型水上樂園。

巨大游泳池、流動游泳池、兒童游泳池……各種不同的游泳池，以及彷彿在空中盤繞的大型滑水道。

不僅有可以直接穿著泳裝用餐的飲食區，還有能夠欣賞草裙舞和火舞的舞台。

因為正值暑假，泳池區裡擠滿人潮。每個人都被夏天的暑氣熱昏頭，正盡情地享受清涼的水上樂園。

我走下和更衣室相連的階梯，前往約好碰面的飲食區入口。

在那裡等了幾分鐘後。

「哇啊～今年果然也好多人～」

美羽和綾子小姐來了。

「呀呼～巧哥，讓你久等了。」

微微舉手打招呼的美羽身上，穿著一套色彩明亮的比基尼。

緊實苗條的身材沒有一絲贅肉，可是該突出的地方依然突出，全身散發出健康且健全的美感。

「如何？這是我新買的泳裝，適合我嗎？」

「嗯，我覺得很適合妳。」

「……嗄，也太坦白了吧……你怎麼不表現得害羞一點，或是臉頰泛紅呢？這樣很無趣耶～」

「……妳到底在期待什麼啦？」

「唉唉～算了啦，反正我早就料到你不會對我有多大反應。重點是……你聽我說啦，巧哥。」

用有點像在鬧彆扭的口氣抱怨後，美羽改變話題。

還一邊斜眼看著站在一旁的綾子小姐。

「媽媽她怎樣都不肯把罩衫脫掉。」

「美、美羽……！」

語氣慌張的綾子小姐——身上穿了一件薄罩衫。

純白色的長袖罩衫。

裡面似乎有穿泳裝，豐滿的大腿從衣襬底下露了出來。

「都難得買了新泳裝，卻在最後一刻退縮，媽媽真的很沒用耶。」

「我、我才沒有退縮！我只是……看到周圍意外有許多人都有穿罩衫或上衣，因為不想在人群中顯得太突出才會……」

「那不就叫做退縮嗎？不過，好吧……其實我也稍微可以理解媽媽的心情啦。」

美羽以傻眼的語氣說道。

「因為媽媽的泳裝……相當大膽呢。」

「美羽！」

「我也是到今天才知道媽媽買了什麼樣的泳裝……就算是要和我一決勝負，但我真沒想到媽媽會穿這麼積極大膽的泳裝來。」

「唔、唔唔……」

「要是媽媽沒有自己主動遮起來，我搞不好會阻止妳……畢竟見到自己的母親穿成那樣走在泳池邊……實在讓人有點無地自容。」

「唔、唔唔……不、不是這樣的，阿巧！其實並沒有她說的那麼嚴重！這真的只是一套普通的……好、好吧，是有一點……真的只是帶有一點成熟的品味而已！」

滿臉不敢置信的美羽，以及不停解釋的綾子小姐。

至於我——則是拚命壓抑內心的動搖。

真的假的？綾子小姐真的穿了那麼驚人的泳裝嗎？

想看。超想看。

可是，現在這個狀況也不能勉強她……哇啊啊，怎麼辦？

「算了，總之從現在開始——我們分頭行動吧。」

不理會苦惱的我，美羽逕自開啟新話題。

「分頭行動？」

「沒錯。剛才來的路上，我已經和媽媽稍微談過了。我們現在不是正在進行爭奪巧哥的比賽嗎？既然如此……我打算依序製造兩人獨處的時間，就像是在戀愛型綜藝節目上經常看到的自我表現時間？」

「什麼自我表現時間……」

她好像又有什麼不良企圖了。

我將視線轉向綾子小姐。

「我、我沒有贊成喔。可是美羽堅持要那麼做，說什麼都不聽勸……」

結果她一臉困窘地回答。

看來這果然是美羽獨斷的決定。

「好了，已經決定好的事情就別再囉哩囉嗦了。」

用責備似的口吻說完後。

「總之——由我先開始！」

美羽突然走近我，摟住我的手臂。

是和之前一樣的，情侶之間的那種摟法。

「好了巧哥，我們兩個年輕人就拋下掃興的監護人，盡情地玩樂吧！」

「喂……」

「啊！滑水道現在人比較少了！好機會！巧哥，我們快點去排隊吧！」

她邊說邊想把我拉走。

「等、等等，美羽……」

「抱歉喔媽媽，這種事情要先下手為強啦。」

美羽淘氣地說。

「好了，只剩我們兩人之後，我應該給你什麼樣的福利呢～？」

抛下這句顯然帶有煽動意味的台詞，美羽將我拉離原地。

被獨自留下的綾子小姐，臉上露出混雜了焦急和落寞，極度複雜的表情。

儘管說人比較少了，滑水道依舊是泳池區最受歡迎的遊樂設施。

通往滑水口的階梯上大排長龍。

「……呵呵呵，你有看到媽媽的表情嗎？她看起來超焦急的。」

排在隊伍之中，美羽樂不可支地說。

「看到她做出那麼棒的反應，我演起來也開心極了。」

「……妳還打算繼續那個作戰計畫啊？」

美羽的計畫非常簡單明瞭，就是她假裝看上我、對我展開猛烈追求，以藉此刺激綾子小姐。

她從暑假前就開始這項計畫，並且不時持續執行至今。

早上上學時就不用說了，連我以家教老師身分教美羽功課時，她也大膽地和我肌膚接觸。

當然，都只有綾子小姐在看的那瞬間。

「當然啦，我還要繼續下去。」

「……妳為什麼要做這種像在騙人的事情？」

「我不是在騙人，這是戀愛的小心機。」

她得意洋洋地像在教導我似的。

小心機啊……

「媽媽現在心裡一定燃起熊熊妒火了。」

「……是這樣嗎？」

「絕對不會錯的。」

美羽斬釘截鐵地說。

「啊！話說回來，巧哥，待會輪到媽媽自我表現的時候——你要想辦法把媽媽的罩衫脫下來喔。」

「……嗄？」

脫掉罩衫？

「為、為什麼我要那麼做……？」

「還問為什麼……你難道不想看媽媽穿泳裝的樣子嗎？」

「……也、也不是不想看啦。」

「我真的會被媽媽的懦弱打敗耶。明明都買了那麼高調的泳裝，卻因為太過高調而害羞得不敢給別人看……這是哪門子本末倒置的行為啊？」

美羽誇張地大嘆一聲後，重新注視著我。

「因為她在我面前，好像會莫名固執地不肯把罩衫脫掉，你就在自我表現時間設法說服她吧。都難得為了巧哥買新泳裝了，她至少得給巧哥看才行。」

「為了我……」

「那當然啦。應該說，巧哥你就算再怎麼木頭，總該有稍微察覺到媽媽今年突然買新泳裝的理由吧？她應該……不只是為了對抗我喔。」

「…………」

美羽說的沒錯——我的確稍微察覺到了。

而且還暗自祈禱，若真是如此就好了。

假使綾子小姐購買新泳裝的理由，和我有一絲絲關聯——假使那是她把我當男人看待的結果。

世上沒有比這更令人開心的事情了。

「所以，巧哥你有義務要看媽媽的泳裝。那就拜託你嘍？」

「……我會妥善處理的。」

「嗯，非常好。」

交談的同時隊伍不斷地前進，我們終於來到最頂端。

我們依循工作人員的引導，分別坐上前後兩個游泳圈。

「——吶，巧哥。」

坐在前面的美羽轉頭對我說。

「這次旅行，我打算為你們兩人費盡心思……不過撇除這件事不談，我也想盡情享受這趟渡假村之旅，你可別忘了這一點喔。」

「……我明白了啦，公主殿下。」

「嗯，你就好好看著辦吧。」

見我苦笑回應，美羽露出心滿意足的微笑。

我們乘坐的游泳圈猛地滑了出去。

玩完滑水道，我們兩人又稍微四處逛逛，大約三十分鐘便結束美羽的自我表現時間。

接下來輪到綾子小姐。

「那麼媽媽，妳就好好加油吧。不過話說回來，不管妳做什麼，都贏不了我激情四射的自我表現時間啦。」

拋下這番小家子氣的狠話之後，美羽便獨自離開了。

「那孩子真是的……」

綾子小姐錯愕地說完，對我微微低頭致歉。

「阿巧，真抱歉……把你捲入這種怪事裡。」

「不會，我是不在意啦。」

然後，綾子小姐神情猶豫地停頓一會。

「所以……怎、怎麼樣了？」

對我這麼問道。

「咦？」

「就是美羽的自我表現時間啦。我在想，不曉得阿巧你個人覺得如何……」

「如何……就、就很普通啊。我們只是一起玩了滑水道，又到游泳池游了一會……」

「……真的嗎？她真的沒有對你做什麼過度激烈的事情？」

「沒有、沒有，完全沒有。」

「是喔……」

鬆了口氣似的點點頭之後。

「其、其實怎樣都無所謂啦！我只是有點好奇而已……沒、沒錯，身為家長，我只是擔心美羽有沒有做奇怪的事情罷了！」

綾子小姐急忙辯解。

「…………」

這難道是──所謂的嫉妒？

見到美羽（假裝）和我卿卿我我的樣子，莫非她內心的某種感情產生動搖了？

美羽那個簡單明瞭的作戰計畫，竟然輕易奏效了……？啊等一下，可是綾子小姐也有可能單純只是以母親身分，擔心女兒有沒有做出奇怪舉動而已。嗯，沒錯，就是這樣。

「那個，綾子小姐。」

我說道。

一面壓抑強烈的羞恥心，下定決定開口。

「我得先聲明……我只專情於綾子小姐一人喔。」

「啥？」

「無論美羽對我做什麼、對我採取何種攻勢，我都絕對不會動搖。」

「唔唔……我、我知道了……」

綾子小姐紅著臉，四處張望。

「真是的……你不要在這麼多人面前講那種話啦！」

「對、對不起。」

「這種事情應該要在獨處的時候……咦？啊，不、不是的！我的意思不是希望你對我說那種話！我只是說，就一般而言，那種甜言蜜語應該要在兩人獨處時說比較好……」

「是、是的，我明白。」

我倆一陣慌張。

周圍明明一片嘈雜，卻唯獨我們兩人之間瀰漫著奇妙的氣氛。尷尬卻又舒適，讓人感覺有些矛盾的氛圍——

「呃……總之，綾子小姐，我們隨便到處逛逛吧。」

「說、說的也是。」

「我也想和綾子小姐一起玩滑水道。」

「……咦？我還是不去了。其實我……有點怕玩那種東西。因為滑水道的轉角處好可怕，會讓我忍不住擔心要是飛出去怎麼辦……」

「那、那就別玩了，反正也沒有必要勉強玩。呃，既然如此……」

我拚命動腦思考接下來的行程。

據美羽所言，現在是綾子小姐的自我表現時間，可是在我看來，這個瞬間也是我的自我表現時間。

我好想取悅綾子小姐，讓她開心……啊！

對了，美羽還有拜託我罩衫的事情。

可是，我該怎麼讓她脫掉呢……？

最簡單的方法大概就是「潑水」了，可是這件罩衫似乎是玩水專用的類型。屬於即使淋濕也沒關係的材質，還可以直接穿著下水玩。

就算稍微被水淋濕，她也未必會脫掉……更重要的是，我並不想做出故意弄濕綾子小姐這種失禮的行為。

這麼一來——還是乾脆坦承呢？

說「我想看妳的泳裝，請讓我看」。

……要是我能說出口，那該有多輕鬆啊。

「——那、那個，阿巧。」

綾子小姐對獨自陷入苦思的我說。

以在不安與緊張下飄忽不定，卻又蘊含著堅定意志的眼神。

「你可以跟我來一下嗎？」

「咦……可以是可以，不過要去哪裡？」

「呃……其實——」

接下來的話，讓我明白了一件事。

綾子小姐絕對不像美羽所說的那麼懦弱。

關於不脫罩衫這件事，根本不需要我和美羽採取行動，她自己就已經在一番糾結後，做出決斷了。

「——我想讓你看泳裝。」

♥

我想，就是現在了。

能夠單獨相處的自我表現時間是最佳時機。

因為——我就是不想……在美羽旁邊脫罩衫。

雖然有一部分是因為之前被她嘲弄過，才會抱著賭氣的心態……然而更重要的是，我實在不願意在那副年輕纖細的肉體旁脫衣服。

那孩子是怎樣？

那副模特兒般的身材是怎麼回事？

在如此完美的身材旁穿泳裝……我實在沒有那種勇氣。

可是——一直用罩衫遮住難得新買的泳裝，我也覺得這樣不行。這樣感覺既可悲又空虛，而且我想我之後一定會後悔。

所以，我決定找個時機點竭盡勇氣——然後，現在正是那個最佳時機。

「……嗯，這裡應該可以。」

在周圍都是置物櫃的空間裡，我四處張望後說道。

即使是人山人海的泳池區，也不是所有地方都擠滿了人，還是有少許場所幾乎無人往來。

比方說——位在泳池區一隅的置物間。

這裡是想到游泳池玩的人收納貴重物品的地方，雖然午餐前和傍晚時人潮洶湧，不過在某些時段幾乎沒有人會經過。

「如果是這個時間，應該不會有什麼人來……嗯，沒問題。」

「……那個，綾子小姐，既然妳這麼不好意思，其實可以不用勉強脫掉……」

「我、我沒有在勉強。」

一邊說，我一邊抓住罩衫的下襬。

「起初……我本來也打算不穿罩衫，直接穿著泳裝到處走的。可是……看到人這麼多，我實在忍不住猶豫起來。而且……」

「而且？」

「……就、就跟美羽說的一樣……這套泳裝的造型相當大膽……所以我才會到了最後關頭突然害羞起來……」

「這、這樣啊……」

阿巧一臉難為情地回應。

「所以，那個……我、我想只讓阿巧你看我的泳裝。」

「咦……」

「我、我沒有什麼奇怪的意思喔！我只是想在讓別人看之前，先讓阿巧……要怎麼說呢，先請你幫忙進行事前審查！」

「……事前審查？」

「就是能否出現在人前的事前審查。因為美羽不會認真回答我……所以我想請你幫忙判斷這套泳裝O不OK……」

啊，我到底在做什麼啊？

什麼事前審查……這話連我自己聽了都覺得莫名其妙。

就算覺得在人前脫罩衫很害羞，我怎麼會把阿巧帶到這種沒人的地方，偷偷地讓他看呢？

這麼做該不會……反而比正常地以泳裝示人還要丟臉吧？

啊，不是的，我沒有其他用意，真的沒有！我只是因為阿巧會誠實回答才拜託他……並不是只想讓他一人看——

「我、我明白了。既然如此。」

阿巧儘管害臊，依舊神情嚴肅地說。

「如果綾子小姐不嫌棄，還請讓我拜見一下。」

「謝、謝謝。不過，你不用那麼畢恭畢敬啦……」

真希望他的態度能輕鬆點。他愈是認真……我就愈是討厭自己，不知道自己到底在做什麼。

我深呼吸一口氣。

「要、要開始嘍！」

然後下定決心，伸手抓住罩衫的拉鍊頭。

因為覺得一旦猶豫就絕對辦不到，於是我一口氣拉下拉鍊，然後順勢將罩衫脫掉。

「——！」

阿巧瞪大雙眼，倒吸一口氣。但是，他沒有移開視線。這是當然的，因為是我拜託他看的。

我的泳裝是——黑色比基尼。

布料面積……相當少。在身上縱橫交錯的黑色細繩，成為突顯白皙肌膚和肉感的點綴。

應該說真不愧是名牌嗎？這套泳裝的風格非常成熟性感。

我會買下這套泳裝，一方面也是為了這次在泳池和美羽一較高下。

若是比年輕……我理所當然一定贏不過美羽。

正面挑戰那孩子青春健康的泳裝打扮，簡直愚蠢至極。所以，我打算以別種路線進攻。

而我想出來的作戰計畫就是——成熟感。

穿上十幾歲少女無法駕馭的泳裝，展現成熟女性獨有的美麗。

儘管暴露程度偏高，但是絕不低俗……我是這麼認為的。

結、結果究竟如何呢……假人模特兒穿起來的樣子十分性感優雅，但要是穿在我身上感覺很低俗怎麼辦……

「你、你覺得如何？」

「……非常漂亮。」

阿巧雖然滿臉羞澀，卻非常直接地稱讚我。

過於直接的讚美詞，讓我的體溫一口氣上升。

「真、真的嗎？」

「真的。實在太漂亮、太有魅力了……讓我好想就這麼一輩子看下去。」

「……！討、討厭啦！你太過獎了……應該說，你、你看太久了啦！不要那樣緊盯著我看！」

「啊！……對、對不起，我一時忍不住就……」

「說什麼一時忍不住，真是的……」

心臟頓時高聲跳動，腦袋也好比發燒般變得昏沉。究竟是開心還是害羞，連我自己都搞不清楚了。

「我這副身材……真的沒什麼好看對吧……？肚子也是……那個，我有為了今天稍微努力減肥喔？可是沒什麼效果……」

「妳在意太多了啦。妳這樣的身材根本算不上胖。」

「可是和美羽比起來……」

「沒有必要和美羽比較。綾子小姐是綾子小姐……妳渾身上下都散發出迷人的魅力。」

「阿巧……」

「……不過——啊，沒有，沒什麼。」

「咦？咦？什、什麼？你話不要說一半，這樣我會很在意耶！」

「那個……要怎麼說呢……」

阿巧一副難以啟齒地開口。

「因為之前就聽說很大膽，所以我已經做好心理準備了……結果實際上比想像中還要大膽好幾倍。」

「……！」

「不管怎麼說……這套泳裝會不會太色情了啊？」

「～～！不、不是的！這是有原因的！」

我忍不住反駁。

「這套泳裝是我和狼森小姐一起去買的……一開始，狼森小姐惡搞我，逼我試穿猥褻到極點的泳裝，結果因為穿過那套泳裝，害我的貞操觀念有點麻痺了……」

那個「V」是惡夢的開端。

都是因為一開始被迫看習慣那套變態泳裝，害我後來不管她提議何種大膽的泳裝，都覺得「好吧，總比那個『V』來得好」。

結果，我和狼森小姐兩人的尺度愈放愈開，再加上我本來也就想找風格成熟的泳裝……於是最後就買下這套相當大膽的泳裝了。

「所以……這套泳裝是我被迫在喪失正常判斷力的狀態下購買的，也就是等於遭到劇場型詐欺——」

「試穿猥褻到極點的泳裝……」

「你是不是擺錯重點了？」

「那套泳裝……有留下照片嗎？」

「沒有！就算有留，我也絕對不給你看！」

「……這樣啊。」

阿巧露出明顯覺得遺憾的表情。

他、他真的那麼想看我穿猥褻泳裝嗎……？既然如此，如果只是看一下……不對，不行不行！唯獨那個「V」絕對不行！

那種東西我不會再穿第二次了！

「真、真受不了……阿巧，你這個人有時候真的很色耶。」

「……這一點我無法否認，不過，這應該是綾子小姐的錯吧？因為妳總是無意識地誘惑我。」

「咦……我、我才沒有誘惑你哩！」

「可是，妳都穿這麼大膽暴露的泳裝來了……」

「我說了，這純粹是在不可抗力下不小心買的……再、再說，這套泳裝也沒有那麼大膽啊！這可是小有知名度的名牌泳裝，整體造型完全是為了讓女性更顯美麗而精心設計……所以才會變得比較暴露一點。你會認為它是色情的泳裝，都是你用那種眼光看待的關係……」

「這我明白……」

「可是——」阿巧接著說。

語氣聽起來羞澀，同時又有點像在鬧彆扭。

「又有什麼辦法呢？見到喜歡的女性打扮得如此誘人……我當然會用那種眼光看待啊。」

「喜、喜歡……唔、唔唔……」

直接的示愛表現，以及「用那種眼光」看待的宣言。感覺自己受到純愛與情慾雙方的正面攻擊，我只能默不作聲。

一陣尷尬的沉默之後。

「……對不起。」

阿巧這麼說，一面拿過我手上的罩衫。

然後——唰的一聲。

將罩衫披在我肩上，遮住我的泳裝。

「咦……」

「綾子小姐是希望我幫忙審查對吧？要我幫忙判斷穿成這樣出現在人前……OK不OK。」

「是、是啊。」

「那麼……我決定了——這套泳裝不OK。」

阿巧說道。

「我覺得妳還是穿上罩衫比較好。」

「…………」

心一陣刺痛。

「……啊、啊哈哈。說、說的也是喔。」

為了不被人發現內心的動搖，我笑著敷衍帶過。

發現受到打擊的自己內心似乎有所期待，我感到好丟臉。

我明明早就明白這一點了。

「像我這樣的大嬸就算穿上這種泳裝，拚命逞強的模樣也只會讓人不忍直視，而且還可能害跟我一起的美羽和阿巧丟臉。阿巧，謝謝你願意坦白說出來……」

「呃……不對！不是這樣的。」

我拚命忍住隨時都要奪眶而出的淚水，設法假裝鎮定。然而阿巧卻神色慌張地對我說。

「我不是在說綾子小姐怎麼樣……全部都是我的問題。」

「阿巧的問題？」

「那個，要怎麼說……我、我不想讓別的男人見到綾子小姐現在的模樣啦。」

「…………」

「這套泳裝雖然漂亮……但畢竟還是很裸露，感覺穿出去會有男人用奇怪的眼神看妳。」

「…………」

「對不起，我又不是妳男朋友卻說這種任性的話……可是我就是不願意。我無法忍受綾子小姐的肌膚，被附近走來走去的男人盯著看。」

「…………」

咦？咦、咦咦咦咦咦？

不ＯＫ……是這個意思？

他是因為這個原因，才要我穿上罩衫？

簡直就像男朋友提醒女朋友裙子太短了一樣！

完全出乎意料。

我沒想到阿巧竟會這麼說。

說起來，那應該算是某種充斥了占有慾的嫉妒吧。

從客觀的角度來判斷——被非男友的男人說這種話，有些女性可能會覺得很不愉快。即便這番話是出自男友之口，也或許會有女性討厭別人干涉自己的穿著。

但是。

我——一點都不覺得不愉快。

不僅如此……我心中還洋溢著難以言喻的羞澀與幸福感，心臟也撲通撲通地愈跳愈大聲。

盡全力傾訴愛意、表明想要獨占我的男孩……實在可愛到讓人受不了。

「是、是喔，原來如此。」

我強忍住快要揚起的嘴角說道。

「呵呵！沒想到阿巧你是那種占有慾很強的類型呢。」

「……好像真的是這樣呢，連我自己也嚇了一跳。」

「真受不了……你該不會是因為滿腦子都在想色色的事情，才會那麼擔心吧？其他男人八成不會看我啦。」

「綾子小姐，妳對自己的魅力太沒有自覺了啦……妳一點都不明白，自己擁有多麼令男人瘋狂的肉體。」

「啥……拜、拜託你別把人家說的好像是魔性之女……真是的。」

嘆了口氣後，我穿上阿巧披在我肩上的罩衫。

「……嗯，我知道了。今天我會穿著這個的。」

然後扣好拉鍊，將拉鍊頭拉到最上面。

「對不起……」

「沒關係，你不用道歉。你說的沒錯……這套泳裝的確有點太暴露了。穿著這種衣服到處走……實在有失母親的身分。」

我苦笑著說。

「和之前的約會不一樣，今天美羽也在。我今天是以母親、以監護人的身分來這裡，必須好好自重才行，所以沒關係的。況且……」

已經夠了。

我這麼說。

話自然地脫口而出。

「夠了……？」

「咦……？啊！沒事、沒事！啊哈哈。」

我急忙笑著帶過。

因為，我怎麼可能說得出口嘛。

說因為我已經給最想讓對方看的人看了，所以已經夠了。

離開置物間後，我們兩人隨便到處逛逛，然後就結束我的自我表現時間。

我們來到事先決定好的地點和美羽會合。

「唔嗯～我雖然安排了依序自我表現的時間……不過真的執行下來，卻發現分頭行動好麻煩……而且也好無聊。難得來旅行，卻感覺時間都浪費掉了。」

「……這不是一開始就知道的事情嗎，妳怎麼到現在才說？」

阿巧這麼吐槽。

「啊哈哈。那接下來還是三人一起行動吧。」

美羽若無其事地笑道。

之後，在美羽的要求下，我們三人決定前往流動泳池。

移動途中。

「……喔～」

美羽忽地接近我，一邊做出好像有話想說的反應，一邊仔細打量我的身體。

「什、什麼啦？」

「妳連和巧哥獨處都沒有脫罩衫啊。」

「……這是當然的啊，我已經決定今天不脫了。」

「話雖如此，妳該不會其實有偷偷只給巧哥看吧？」

「我、我怎麼可能那麼做！不可能、不可能！絕對不可能！我才沒有在無人的置物間偷偷給他看！」

「是喔～可是——現在拉鍊卻拉到了最上面呢。」

「——！」

「剛才明明是開到鎖骨附近呀。簡直像是脫過之後又重新穿好一樣。」

「這、這是……」

美羽的推理太過牽強，只要我想，一定可以成功蒙混過去。

然而徹底亂了分寸的我，卻連一句反駁的話都說不出口，只能沉默以對。

「呵呵～果然沒錯。」

美羽一臉得意地露出輕蔑笑容。

「竟然躲起來偷偷給巧哥看……媽媽還挺積極進攻嘛。很好，這才是我的對手。」

「……誰是妳的對手啦。」

被女兒徹底看透，心虛的我只能縮著身子走路。

第四章
夜空與混浴

一起在泳池區和可以穿泳衣下水的溫泉區玩過一輪後，我們暫時回到房間，換上像是浴衣的館內服。

接著又去欣賞草裙舞秀和到電子遊樂場玩一陣子，然後就到了晚餐時間。

晚餐的費用已包含在住宿行程中，用餐時間和地點都已經決定好了。我們在指定的餐廳裡，享用很少有機會品嘗到的飯店料理。

「呼～好飽、好飽，肚子好撐啊。」

返回房間的途中，美羽滿足地說。

「自助餐真的會讓人不小心吃太多耶。媽媽妳剛才沒什麼吃，是不是哪裡不舒服啊？」

「沒有啊，我有吃飽喔。」

「真的嗎？難得吃自助餐，妳卻好像連甜點的蛋糕都只有吃一塊。」

「……美羽，妳總有一天會明白，人隨著年紀增長……會漸漸變得對自助餐提不起那麼大的興趣……即使被告知可以無限享用美味的料理，還是會時時擔心著『好像會變胖』、『熱量好像會殘留到明天』……然後沒多久，妳就會悟出『適量品嘗美食才是最大的幸福』的道理了……」

綾子小姐一臉懇切地說。

無視那樣的她的苦惱。

「待會要做什麼？」

美羽自顧自地改變話題。

「還是一樣泡溫泉嗎？」

「我贊成。」

夏威夷渡假村Z裡有兩個溫泉區。

一個是剛才去過的，可以穿泳衣，男女一起泡的溫泉。

另一個則是男女分開泡的裸湯。

前者感覺比較像是泳池，後者則是正統的溫泉。

難得來這裡住宿，當然想要兩種都體驗了。

「好啊，我也贊成泡溫泉。我有點想悠哉地泡湯，休息一下。」

綾子小姐也同意了。

「ＯＫ～那就決定泡溫泉嘍。」

美羽心滿意足地點頭。

回到房間後，我們三人各自為泡溫泉做準備。

「巧哥，你如果準備好了可以先去喔。」

身為男人的我，迅速準備好要換穿的衣服和毛巾後就閒得發慌，就在這時，美羽邊翻行李邊這麼對我說。

「反正又不急，我會等妳們啦。」

「哎呀，不是那樣的……唉，你神經很大條耶。女人有很多東西要準備的，也有一些東西不想被男人看見。媽媽，妳說對吧？」

「咦？呃……就、就是啊，多少有一點。」

「今天我們要男女同住一間房，你得多多顧慮這方面才行。」

「……我、我知道了啦。」

我的確神經太大條了。我若是在場，她們恐怕會沒辦法準備下去，畢竟是要泡溫泉，想必得準備一些內衣褲之類的東西。

粗略約好泡完溫泉就在房間集合後，我離開房間。

一人獨自悠哉地前往溫泉區。

「……呼。」

我深深吐了一口氣。這趟旅行至今，我終於有了獨處的時間。

我並不覺得和她們一起旅行很累或是很辛苦，反而還開心得不得了，可是在此同時……我無論如何還是會感到緊張、緊繃。

因為光是時時刻刻和綾子小姐在一起，就得做好一下開心、一下害羞的心理準備──再說。

「……美羽到底是怎麼回事啊？」

聰也說過。

美羽很聰明，所以不需要擔心太多。

要我不管她在策劃什麼，都要以寬大的胸襟去接受。

基本上，我也是打算按照聽也的建議去行動。

說好聽點是靜觀。

說難聽點就是——旁觀。

現在的我，就只是隨波逐流地順應試圖撮合我和綾子小姐的美羽的計謀。因為目前為止並沒有發生什麼大問題……而且也確實有發揮一些正面的效果，所以我還是挺感謝她的——但是。

我也會想，這樣下去真的好嗎？

美羽的真實想法還是讓人有些捉摸不透。

「……嗯～」

反覆思索一陣後，我抵達了溫泉區。算了，現在就先泡溫泉，好好地休息一下吧。

正當我準備鑽過前往更衣室的布簾時——

手機響起來電鈴聲。

打來的人是——美羽。

『啊！喂，巧哥嗎？』

「怎麼了？」

『你已經在浴池了嗎？』

「還沒。」

『太好了，趕上了！巧哥我問你，你對這裡的溫泉有執著嗎？會堅持無論如何都一定要泡嗎？』

「妳怎麼突然問這個……？堅持……是沒有啦。」

我雖然喜歡這裡的溫泉，不過去年、前年和那之前，每年只要來旅行都一定會泡，所以我並沒有那麼執著非泡不可。

『既然這樣，你要不要別泡普通溫泉——改泡家庭浴池呢？』

「……嗄？」

『因為難得能夠入住這麼高檔的房間嘛，要是不泡就太浪費了。我們現在也正在前往溫泉區的路上，不過我和媽媽突然聊到這件事。』

「………」

『啊！不過當然會男女分開來泡了。我和媽媽一起，巧哥你則自己泡。男女不會混浴，你不要誤會了喔。』

「我知道啦，這不是當然的嗎？」

我態度毅然地說。

雖然我其實真的有一瞬間，誤以為是要三人共浴。

『然後呢，我有一個請求……巧哥，你可以先去泡一次嗎？』

「我先泡？」

『因為房裡的家庭浴池……景色雖然很美，可是總感覺好像會被外面的人看見，有點可怕耶。』

「……浴池四周有柵欄，而且飯店的人應該也有注意這一點，應該不會有問題吧。」

『凡事總有萬一嘛。巧哥，你難道不在乎我的裸體被人看見嗎？』

「這……的確是挺傷腦筋的。」

『媽媽的裸體說不定也會被看見喔。』

「妳說什麼？好，我知道了！交給我吧，我會先進去仔細檢查的！」

『……你的反應會不會差太多？』

美羽一副傻眼的口氣。

我其實只是想稍微開個玩笑，不過她好像當真了。

『總、總之就拜託你啦。因為我想快點進去泡，麻煩你儘早possible。』

「那是什麼單字啊？我還是第一次聽到。」

不過不用她解釋，我其實也明白意思啦。

透過手機交談一會之後，我儘早as soon as possible地折返回房。

回到房間，裡面空無一人。

綾子小姐她們好像還沒回來。

唔嗯，既然如此……我就快點進去，把該做的事情做完好了。

我進到更衣間裡脫掉衣服，拿著一條毛巾前往家庭浴池。

「喔喔。」

一來到外面，涼爽的夜風拂過全身。

抬頭仰望——滿天星斗映入眼簾。

在柵欄另一頭則能看見夜晚的大海，感受到難以言喻的風情。

「來這裡泡似乎是對的。」

能夠獨占這片景色和空間，實在太奢侈了。

這大概就是包場浴池的妙趣所在吧。

「……啊，對了，我得檢查才行。」

我走近圍繞四周的竹柵欄，仔細確認。

唔嗯……好像沒問題耶。柵欄既沒有縫隙，也有一定的高度。只要不要太靠近柵欄，應該就不會被人從下方看見。

「真是的，美羽那傢伙居然在這種奇怪的地方神經質。」

檢查完柵欄，我稍微沖洗一下身體便進入檜木浴缸。

當熱水浸到肩膀，我不由得舒服地發出「啊……」的讚嘆。

真好。溫泉果然好棒。

儘管空間不是非常寬敞，但是也足夠一人將腿伸直放鬆。

能夠獨占並欣賞夜空和景色的包場家庭浴池。

我可以理解說想在這裡飲酒的老爸的心情了。

天堂，真是天堂啊——

「…………」

——然而在此同時，心中卻也隱約產生了寂寞的感覺。

能夠不必顧慮他人、獨自享受溫泉雖然也不壞——但如果是和某個親近的對象一起泡，想必會是一件非常幸福的事。

比方說家人，或是——情人。

「啊……」

真希望有朝一日，能夠和綾子小姐一起泡這種包場浴池啊。

這個夢想若能實現，我就算死也甘願了。

之類的。

就在我泡在浴缸裡大肆妄想的這個瞬間。

荒唐的事件——或者是說，讓我以為大概是用命換來的天大幸運，降臨到我身上。

「——哇～真棒，星星好美喔～」

說話聲。

一道熟悉的說話聲，伴著開門聲從我背後響起。

我反射性地回頭——不禁屏息。

出現在蒸氣另一頭的人——是綾子小姐。

至於她的裝扮……或許該說理所當然是裸體。

只是將單手拿著的白色毛巾，輕輕地垂掛在身體前方。胸部和胯下雖然被遮住了，但真的也只有遮住那裡。

只有勉強遮住私密部位。

白皙有光澤的肌膚。因為將頭髮高高盤起而被強調出來的頸項。從肩膀到胸部、從胸部到腰，以及從臀部到大腿……描繪出優美曲線的身體線條，全部清晰可見。

再加上毛巾的面積很窄，根本遮不住過於豐滿的乳房。大部分的柔軟肉體都曝露在外。

只裹著一條薄布的，成熟女性肢體。

面對如此誘人的情色景象，我只能啞然失語、看得出神。我的雄性本能，不允許我將目光從散發濃烈性感魅力的女體移開。

「美羽，水溫如何？」

綾子小姐毫不猶豫就踏進浴室，踩著石板風格的地板走來。

即便只是小小的動作，也讓看似沉重的乳房劇烈搖晃。遮住私密部位的毛巾在夜風吹拂下擺動，感覺隨時都會掀起來。

「美羽……？妳有在聽嗎？美——咦？」

大概是覺得奇怪怎麼沒有回應，她將視線從星空轉移到浴缸的瞬間，整個人僵住了。

與徹底看得出神的我，四目相交。

「阿、阿巧……？」

「綾子……小姐……」

彷彿時間靜止般對望了好幾秒後。

「……呀啊啊啊！」

綾子小姐尖叫著當場蹲下，我也急忙將視線別開。

「為什麼……怎怎、怎麼會這樣？」

「對、對不起！真的很對不起！」

「咦？咦？為什麼阿巧會在浴池裡？美羽……美羽人呢？」

「美、美羽？她不在這裡。」

「……不、不會吧……」

綾子小姐以混亂與羞恥交雜的語氣，結結巴巴地說。

「美羽剛才明明說『我還是想泡家庭浴池』……因為她在去溫泉的途中，說『我先回去泡了』就自己折返……我還以為她人一定在浴池裡……然而為什麼在這裡的人會是你？」

「……美、美羽也跟我說她想泡家庭浴池，但是因為擔心會被外面的人看見，所以要我先進來確認一下狀況。」

「怎麼會……連你也是……？」

看來這果然是──美羽搞的鬼。

雖然還不清楚細節，不過這肯定是她偷偷安排的圈套。

美羽那傢伙……到底在想什麼？

不管怎麼說，這麼做都太過分了。

居然讓我和綾子小姐在浴室偶遇。

「……綾子小姐，對不起。」

「你、你不用道歉啦，這又不是你的錯。」

「呃，可是……我不小心盯著看了。」

「～～！真、真是的，你太誠實了！這種時候就算說謊，也要說沒有看啦！」

「對、對不起……那個，我現在馬上出來！」

我要是繼續待在這裡，綾子小姐就太可憐了。

我拿起毛巾設法遮住胯下，急忙準備離開浴缸——

「等、等一下！」

然而就在我從浴缸站起來的前一刻，綾子小姐出聲了。

「……沒、沒關係啦，阿巧你又沒做什麼壞事，沒有必要出來。全部都是……美羽的不對。」

她一邊用緊張到發抖的聲音說，一邊緩緩站起身。

「抱歉剛才嚇到尖叫。」

「……不會，請別這麼說。」

「吶，阿巧。」

綾子小姐說。

「這裡是……家庭浴池對吧？」

雖然她似乎試圖以冷靜沉著的語氣說話，卻明顯感覺得出是在勉強自己。聲音依舊顫抖，整張臉也紅到讓人不敢相信的程度。

儘管如此，她依舊接著說。

以近乎全裸的姿態，直視著我。

「是連同房間一起包下，即使男女一起泡也沒問題的浴池。」

「綾、綾子小姐……？」

「所以……假使阿巧你、你不嫌棄——」

以吞吞吐吐，卻又好似下定決心的口吻。

綾子小姐說出令人不敢置信的話。

「——我可以和你一起泡湯嗎？」

♥

連我也不懂自己為何做出如此大膽的行為。

一來是因為我被突發狀況嚇得慌了手腳，二來是我不想把沒有做錯任何事的阿巧趕出去。

但是最主要的原因——是為了賭氣。

做母親的對女兒賭氣。

我很清楚，這起事件完全是美羽在幕後操弄。

真是的……那孩子究竟有多輕視自己的母親啊……！

假使這個時候我或阿巧其中一方衝出浴室，那孩子肯定會一臉奸笑，興高采烈地覺得自己惡作劇成功了。她絕對已經預料到會發生那種事。

哼！

我豈能讓她稱心如意！

我才不要做出她預期中的反應！

和阿巧在浴室偶遇這種羞恥至極的意外事件——我要若無其事地忽視它！

現在正是我展現成熟女性的沉穩與包容力的時候！

和交情好的男孩在浴室偶遇這點小事，根本不值得驚慌。我要不慌不忙，並且在不傷害對方的情況下——自在地和他混浴。

這才是大人應有的應對之道。

然後等出了浴池見到美羽時，我要擺出「喔，因為阿巧也在，我就和他一起泡了。有問題嗎？」的態度！

之類的。

可是。

雖然我基於這樣的想法，立刻就決定要混浴——

「…………！」

但是真的混浴之後——非比尋常的羞恥感卻大舉襲來，讓我極度後悔因為一時衝動做出這種賭氣的行為。

啊，真是的……我到底在做什麼啊……？

「……不、不過話說回來……這個溫泉真舒服啊。」

「就、就是啊，好舒服喔。」

「……真的很舒服呢。」

「……沒錯，果真舒服極了。」

一再反覆的「溫泉好舒服」對話。儘管都不曉得重複幾次了，但也只能夠繼續下去。因為彼此要是沉默無語……感覺會立刻被強烈的恥辱感擊潰。

四方形的檜木家庭浴池，兩個人泡起來相當擁擠。

好擠。比想像中擠得多。

我和他都把自己縮在對角線兩端的角落。

當然，我並非完全裸體，有確實用毛巾遮住身體前側。帶毛巾泡溫泉或許違反禮儀，但既然這是包場浴池，就不要計較那麼多了。

他也有用擺在大腿上的毛巾，遮住重要部位。

可是——只有這樣。

真的就只有這樣。

彼此都以只用一條薄布遮住私密部位、近乎裸體的狀態，泡在狹小的浴缸裡。但是……女性要以一條毛巾遮住所有私密部位相當困難，而且濕毛巾會貼在身上，讓身體輪廓清晰浮現……那幅畫面總讓人覺得好猥褻。

這樣要人別去在意——根本是不合理的要求。

「～～！」

好、好丟臉……！

我怎麼會做出這種事情來？

這樣肯定是錯的！啊，我剛才果然應該乖乖回房間的！應該把這當成單一的養眼福利事件處理，趕快轉移話題才對！然而為何我要這樣挖洞給自己跳呢？

話說回來。

我雖然因為想展現成熟女人的從容，而提出了混浴的要求……但是冷靜想想，我這樣根本就是個女色狼吧？居然泰然自若地要求進入男人已經在泡的浴缸，這樣除了女色狼外還有別的形容詞嗎？

「……啊。」

正當我悶悶不樂地苦惱時——我不經意地望向阿巧並注意到一件事。

檜木浴缸的相反側。

他折起雙腿，一副很擠地縮在那裡。

竭盡所能地將身體縮小。

我想，他大概是因為顧慮我的關係。

為了避免萬一觸碰到我的肌膚。

「阿巧……你的腿，好像很擠的樣子。」

「咦……啊，不會，這點小事沒什麼啦。綾子小姐才是，妳的姿勢會不會太勉強了？」

「我、我不要緊。阿巧你的腿比較長，應該覺得很辛苦吧？你可以稍微伸過來沒關係啦。」

「不，我這樣很好，綾子小姐才是不用那麼拘束……」

互相讓來讓去的結果，我倆之間產生了詭異的沉默。

「……既然如此。」

我下定決心開口。

「我、我們就一起把腿伸長吧。」

「咦……」

「嗯，這樣比較好，這麼做就不會不公平了。沒錯，都難得來到包場浴池了，要是泡得這麼拘束就太浪費了。」

「……可是這麼一來，腿會……」

「腿、腿稍微碰到沒關係啦！」

在我的強力主張下，阿巧也「……我知道了」地點頭同意。

我們雙方慢慢地像在互相試探一般，將腿往對方的方向伸出去。

我儘管猶豫仍將腿往前伸，最終將自己的腿疊在阿巧的腿上。

彼此的肌膚——相觸。

「「——！」」

只不過是兩雙光溜溜的腿互相觸碰而已。明明僅是如此，卻有種電流竄過全身的感覺。

心臟狂跳不止。

嗚嗚……為什麼？怎麼會？明明只是兩雙腿稍微觸碰而已，怎麼會有這麼奇怪的感受……？

「看、看吧，腿伸長是不是舒服多了？」

「……是、是啊。」

拚命佯裝平靜的我，以及心不在焉回應的阿巧。

他的視線，集中在擺在他腿上的我的腿上。

「怎麼了……？啊，抱歉，我的腿很重是嗎？」

「咦？啊，不是……不是那樣的。」

他一臉難以啟齒地說。

「我只是在想，綾子小姐連腿也好漂亮。」

「……～～！真是的，你、你在胡說什麼啦！」

「對、對不起……」

「我的腿才一點都不漂亮呢……而且大腿還有點粗。」

「妳的腿才不粗哩，只是肉得恰到好處而已。」

「不要說肉這個字啦！」

而且……「腿也好漂亮」是什麼意思？什麼叫做腿「也」……

啊～唔……什麼跟什麼嘛，為什麼阿巧要接二連三地稱讚我？被人這樣大力讚美，我會——

「…………」

我瞥了他一眼。

結果他立刻慌張地別開視線。

自從開始混浴，他就一直是這個樣子。他看的不止是「腿」，而是會一直不時偷瞄我的身體。

儘管他似乎試圖蒙混過去，但是在這個距離下，我無論如何都會發現。

他在看。

阿巧在看我。

他正試圖定睛注視處於這種羞恥狀態的我。

那道熾熱的視線，幾乎快要灼傷我裸露的肌膚。

啊——

總覺得……害羞極了。

被人注視雖然也很害羞——但是為此稍微感到開心的自己，更令我感到既害臊又丟臉。

感覺好像要是再繼續和他一起泡湯，會發生什麼事情似的——

「那、那個……綾子小姐！」

忽然間，阿巧粗聲說道。

他用紅到像被煮熟的臉，稍微往前探身。

「咦……怎、怎麼了？」

「對不起……請問可以嗎？」

「什麼東西可以嗎？」

「……我好像已經快到極限了。」

「極限……」

唔嗯，極限？是什麼東西快到極限了？

稍微從客觀的角度來分析狀況好了。

一對男女以近乎裸體的姿態互相面對面。

結果男人對女人說——自己在某方面快到極限了。

而且還滿臉通紅、呼吸急促，總之就是一副拚命又認真的模樣。

在這種狀況下，他口中所說的極限代表著——

「……～～！」

咦？咦咦？

所謂極限……是、是那個意思？

是指理性的極限？

意思是，他試圖壓抑性慾的理性隨時都會崩潰嗎？

「不、不行啦，阿巧！你、你在說什麼啊……？」

「對不起……我本來想要忍耐，可是實在是沒辦法……我真的已經到極限……再也忍受不了了……！」

「忍、忍受不了……唔、唔唔……！」

阿巧以熱烈的視線，拚命地向我訴說。突如其來的爆炸性發言讓我差點陷入恐慌，但是在此同時，我心中也懷抱著罪惡感。

啊，都是我的錯。

都怪我一時意氣用事決定混浴，結果害阿巧受苦了。

我們可是男人和女人耶？

更別說，我還是那個……阿巧的意中人。

和那樣的對象一起混浴——理性會迎來極限很正常。

在這種狀況下，即便他真的克制不住性慾，我也無法責備他。

年輕氣盛的男人會變成野獸，是理所當然的事情。

可是——等等。

腦袋雖然明白這一點，但還是先等一下。

我、我還沒做好心理準備——

「對不起，綾子小姐……」

「……你、你不需要道歉啦，這又不是你的錯……有、有什麼辦法呢，在這種狀況下，任誰……都會變成這樣子對吧？」

「……是的，好像是這樣沒錯。」

承、承認了！居然承認了？

「所以……可以嗎？」

不僅承認，還尋求我的同意？

好一個肉食系男子！攻勢真是猛烈！

「等、等等，阿巧……你、你稍微冷靜點……」

「……對不起，我沒辦法再等下去了。」

「怎、怎麼這樣……」

「真的很抱歉。我已經……到極限了，必須馬上做點什麼才行。」

「馬、馬上？」

也就是說……在這裡嗎？

等等、等等，不行啦。

因為，在這種毫無準備的情況下──

「綾子小姐，對不起，我──」

「呃，啊……不、不行啦，那種事情……因為……嗚、嗚嗚～……」

徹底慌了的我放聲喊叫。

「如、如果你無論如何都要做，那至少先把門鎖上再說──」

「──請讓我先上去！」

同時大喊。

當我以驚慌失措的腦袋，反射性地提及敞開的浴室門的門鎖時，阿巧同樣也大聲吶喊。

咦？

請讓我先上去？

「……什、什麼意思？」

「咦？就是……我因為熱到快發昏……真的快忍耐不下去了，所以想請妳讓我先離開浴缸……」

「…………是那個意思？」

什麼極限、忍耐的，全部都是那個意思？

是因為熱到快發昏，所以想離開浴缸的意思？

「妳說那個意思……是什麼意思？」

「呃……沒、沒事，沒什麼！說說、說的也是喔，當然只會是那個意思啦！其實我從一開始就知道了！」

好、好丟臉。我怎麼會誤會啊！

冷靜想想……這是當然的呀，阿巧又不是那種只會用下半身思考、行動的人！然而……我卻誤會他、自顧自地陷入恐慌，最後還大喊「先把門鎖上再說」這種簡直像是準備接受他的慾望的話……嗚、嗚嗚～！

「呃……那麼阿巧，你還是快點上去吧，否則要是真的頭暈就不好了。」

我拚命壓抑自我厭惡的情緒，試著冷靜以對。

「這種事情其實不必特地徵求我的同意……你要是覺得熱，自己趕快上去就好了啊。」

「話是這麼說沒錯……」

阿巧一副羞於啟齒地接著說。

「可是……我上去的時候，希望綾子小姐可以閉上眼睛。」

「嗯？」

「要、要怎麼說……我不能讓綾子小姐看見不堪入目的東西。」

不堪入目的東西？

是什麼呢？

重要部位應該已經用毛巾遮住了才對——

「比方說，屁股？」

「咦……？啊，沒、沒錯！因為想說就算看到我的屁股也沒什麼意思，所以希望妳可以把眼睛閉上！」

阿巧突然加快語速。

「我、我知道了。」

儘管心想「不過是屁股，有什麼好在意的？」但是見到他那麼認真的樣子，我還是決定尊重他的意願。

我緊緊閉上眼睛，順便轉向後方。

「……那麼，我先離開了。」

背後傳來「嘩啦」從浴缸站起來的聲音。之後阿巧便快步走到門口，離開浴室。

被單獨留下的我——感到有些不解。

「不堪入目的東西……？」

我本來以為是屁股，可是男人只要把毛巾纏在腰上，不就能連屁股也一起遮住嗎？

這麼一來——莫非果然不是屁股？

就算纏上毛巾也遮不住的東西……即便想遮，還是會從毛巾底下凸出來的東西……而且不想讓我看見的東西——

「…………～～～～！」

阿巧想要遮掩什麼——原來是想遮掩那話兒的這件事，我遲了好久才總算想通。

浴缸裡的我體溫一下子急速上升，差點就換成我頭暈眼花了。

第五章
母女與青年

♠

勉強安然離開令人又喜又羞的家庭浴池後，我在房裡躺著休息。
雖然沒有暈到天旋地轉，不過也只差一點點了。
身體發熱，腦袋也有點昏昏沉沉。
我想最主要的原因是泡湯泡太久……不過方才目睹的景象影響也相當大。
好驚人。
綾子小姐的入浴姿態真的太太太驚人了。
在浴缸裡泡得泛紅的臉龐，比平時還要性感好幾成……然後被濕毛巾緊貼的嬌豔肉體更是煽情得不得了。
原以為幾個小時前見過她大膽的泳裝打扮，我這輩子已經死而無憾了，沒想到竟然還能見到更加悖德的景象……
我本來告訴自己不可以亂看，結果卻克制不了本能的慾望，偷看了好幾次。

唉……綾子小姐肯定發現我一直偷瞄了。

她大概討厭我了吧。

話說……她八成也已經發現，我不想讓她看到的「不堪入目的東西」是什麼。

她真的會以為是屁股嗎？

啊，我一定已經被她討厭了……

性慾表現得太明顯了啦。

「哎呀呀，巧哥你怎麼啦？」

正當我獨自用發熱的腦袋苦惱沮喪時，美羽回來了。她注意到躺著的我，便走過來坐在旁邊。

臉上帶著戲謔的笑意。

「你看起來好累的樣子喔。」

「……妳也不想想是誰害的。」

「啊哈哈，瞧你這副模樣，看來我一手製造的微色情超幸運意外事件，讓你玩得相當開心呢。」

她露出無憂無慮的笑容，滿不在乎地坦承自己的行為。

「你們有恰巧偶遇吧？我家媽媽的裸體即使只撞見一瞬間，破壞力還是很猛吧？」

「……是啊。」

美羽的作戰計畫似乎只有預計讓我們偶遇。

我先進入浴室，然後綾子小姐進來，兩人碰面之後結束。

她應該作夢也沒想到，之後事情竟然會發展成混浴。

既然如此……我想也沒有必要特地說明真相了。應該說，那樣太丟臉了。我一點都不想把自己被混浴搞得腦袋發昏的事實說出來。

「所以，媽媽去哪了？」

「她去幫我買飲料了啦。」

「哼嗯～是喔。」

「吶，我問——」

「巧哥。」

大概是故意無視我的話吧，美羽開口打岔。

「你稍微把頭抬起來。」

「頭？」

儘管覺得疑惑，我還是姑且聽從她的指示。

「沒錯、沒錯……再抬高一點。嗯，ＯＫ～」

美羽讓自己的雙腿——滑進我抬高的頭底下。

我的頭就這樣躺在她的大腿上。

「……妳這是在做什麼？」

「嗯？這是膝枕啊。」

美羽用惡作劇般的表情，俯視躺在她大腿上的我。

「這我當然知道。我是問妳為什麼要讓我枕在妳腿上。」

「偶爾這麼做又沒關係。」

「…………」

「你不要繃著一張臉，應該要開心一點呀。難得有現任女高中生讓你枕大腿耶？這可是有著用錢也換不到的價值喔。」

「……我說過，我對女高中生不感興趣。」

「唉～我知道啦。也就是說，巧哥只喜歡媽媽肉呼呼的大腿是吧？」

「不要說她肉呼呼啦……」

呃，不過實際上，綾子小姐的大腿……的確是肉呼呼的！

在熱水中伸長的美腿景象，倏地在我腦中重現。

絕對不會過胖，可是就算說得客套一點也算不上纖細，肉感適中、穠纖合度的大腿。儘管只是稍微用腿碰了一下，那柔嫩的肌膚觸感至今仍鮮明地殘存在我腦海中。

「——抱歉喔。」

這時。

美羽的說話聲，將快要沉溺在猥褻妄想中的我拉回現實。

和之前的輕浮態度迥然不同，語氣十分平靜。

「我在想，我的惡作劇好像有點太過分了。」

「……妳啊……」

我深深吐出一口氣。

「不要在我生氣之前道歉啦，這樣我很難發脾氣耶。」

「這就是我的目的。」

「…………」

「抱歉，我騙你的啦。我真的有在反省。」

「我是無所謂，但是妳得向綾子小姐道歉。」

「嗯，我知道。」

之後，一陣沉默降臨。安靜卻又莫名凝重的氣氛蔓延，讓我不小心錯過脫離膝枕的時機。

「巧哥，我問你。」

美羽從我頭頂上方開口。

「你還記得——那個約定嗎？」

「約定……？」

「是十年前，不對，還是九年前呢……？」

美羽抬起頭，露出像在遙望遠方的眼神。

彷彿正在回想一段非常幸福的記憶似的。

「那天，媽媽臨時在房裡閉關處理工作，我就和巧哥一起玩用串珠製作飾品的遊戲……當時，我不是有拿我畫的圖給你看嗎？就是媽媽放進畫框裡，上面畫了我和巧哥的圖。你還記得嗎？」

「……當然記得——我怎麼可能會忘記。」

我這麼回答。

不可能忘得了。

對我而言，那是非常特別且無可取代的回憶之一。

只不過，承認這一點實在太令人難為情了，於是我刻意裝出冷淡的口氣。

「……這樣啊，原來你還記得。」

美羽先是瞬間露出吃驚的表情，隨即心滿意足地泛起微笑。

「我還以為那麼久以前的約定，你早就忘記了呢。」

「我才以為妳八成已經忘了哩。那個時候，美羽妳才只有六歲左右吧？」

「你連我六歲都記得啊。」

重要的事情——我是不會忘的。

聽我靜靜地微笑著這麼說完，美羽解開膝枕站起身。

「好了，福利時間結束～」

然後就一邊開玩笑似的說，一邊走出房間。

◆

出了房間，我反手將門關上。

「……呵呵。」

啊，不行。

無論如何——都止不住笑意。

我不能讓任何人看見我這副堆滿笑意的表情。

「這樣啊……原來巧哥還記得那個約定。」

孩童時期許下的——我們的約定。

那是婚約。

一條名為「長大後要結婚」的誓約。

看在旁人眼裡，大概會覺得這一定只是在胡鬧吧。

只是胡鬧，只是普通的扮家家酒遊戲。

孩童時期許下的「結婚」約定，沒有任何拘束力。反而在過了將近十年後，還執著於那種約定……才真正讓人感到難堪。

但是。

巧哥還記得一清二楚。

記得和我之間的「結婚」約定。

既然如此——光是這樣便已足夠。

我已經別無所求了。

可以毫無留戀和後悔地，全力聲援媽媽和巧哥的戀情——

我如此心想。

感到幸福又滿足的我，難得——雖然自己這樣說有失公允，不過我真的是難得陷入破綻百出、毫無防備的狀態。

所以——

「……美羽？」

我沒有發現。

沒有發現抱著運動飲料的媽媽，已經走近到我身旁。

♥

我對站在房間前的美羽喊了一聲，結果她一臉驚訝。

「媽媽……」

「美羽，妳怎麼了？怎麼站在這種地方？」

「不，沒什麼……」

她先是尷尬地別開視線。

「……媽媽，我問妳。」

之後又以試探性的眼神看著我。

「妳剛才……有聽到嗎？」

「咦？聽到什麼？」

「……沒有，沒什麼。沒聽到就好。」

美羽一副無所謂，卻又好像稍微放心了地說。

「那個飲料，是要給巧哥的嗎？」

「是啊。不過我好像有點買太多了。」

「妳趕快拿給他吧。因為巧哥看起來渾身無力的樣子。」

「妳也不想想是誰害的……」

「沒錯，是我害的，對不起。」

儘管語氣輕佻，美羽仍乖乖地低頭道歉。

「關於設計讓你們一起進浴室這件事，我有在反省自己做得太過分了。」

「……妳倒是道歉得挺乾脆嘛。」

我輕嘆一聲。

「算了啦，反、反正也沒什麼大不了的。像媽媽這種成熟的女人，才不會為了在浴室和男人偶遇大驚小怪。」

「哼嗯～是喔。」

「先別管我了，妳可要好好向阿巧道歉才行。」

「……巧哥也對我說了一樣的話。」

美羽傻眼地說。

「……吶，美羽——妳到底想做什麼？」

我問道。

下定決心開口。

「一下像是故意要和我作對似的，在我面前和阿巧卿卿我我，盡做些刺激我的舉動……可是一下又和剛才的浴室一樣，做出像要嘲弄我和阿巧的惡作劇……

老實說，我真的完全不懂妳在想什麼。」

心聲一一吐露。

不只是表達無法置信的心情——同時也是在尋求幫助。

我雖然被她反覆無常的行為搞得很累，但是一方面心裡也感到內疚。

覺得無法理解女兒心情的自己好沒用。

「美羽……拜託妳，告訴我。」

我懇求似的說。

「妳究竟在想什麼？妳的目的又是什麼？」

「——妳真的不懂耶。」

回應我的——是極其冷淡的說話聲。

彷彿她錯愕、失望到了極點一般。

「媽媽妳什麼都不懂。」

美羽以清澈的雙眼注視著我。

那雙冷漠至極的眼眸中，流露出些許的不耐。

「我、我就是不懂……現在才會問妳啊。媽媽又不是神，妳若是不告訴我，我怎麼會明白妳的心情呢。」

「我不是那個意思……嗯～啊～算了。」

拋下這句話後，美羽朝我手裡的袋子伸手。

「我不想在旅行時爭吵打壞心情，這件事就等回去之後再談吧。」

還有，這個我拿走啦。

這麼說完。

她就從袋子拿走一罐運動飲料，逕自離去。

「美羽……」

我只能呆站在原地。

對著她離去的背影，在心中問道。

美羽。

妳到底想做什麼？

為什麼妳不肯對我表露自己的心情呢？

還有——

——這樣啊……原來巧哥還記得那個約定。

其實——我聽到了。

美羽在門前的喃喃自語。

那瞬間的美羽，臉上露出了幸福洋溢的表情。不是刻意堆起，而是好比幸福從內心深處流露出來一般的自然笑容。

見到那副笑容——我愈來愈不明白了。

吶，美羽。

妳到底在想什麼？

妳說我不懂——我究竟不懂什麼了？

還有，和阿巧之間的約定……究竟是怎麼回事？

之後——一切都很正常。

回到房間的美羽恢復平時的開朗。而我也配合她，以正常的態度應對。

在我們邊看電視邊談笑的同時，夜色漸深。

時間來到晚上十一點。

差不多是該上床睡覺的時候了——可是，我們有一個非在就寢之前解決不可的問題。

那就是——決定誰睡哪裡、要怎麼睡的問題。

「巧哥，機會難得，要不要和我一起睡、同蓋一條棉被啊？」

看著房間中央排成川字的三條被子，美羽露出小惡魔般的笑容這麼說，阿巧則是一臉困擾。

「我怎麼可能跟妳一起睡……」

「嗄～有什麼關係嘛。我們以前不是經常一起睡嗎？」

「那都是多久以前的事情了。」

「美羽，別開玩笑了，那種事情媽媽是不會答應的。」

「什麼嘛，這和媽媽又沒關係。媽媽自己一人去角落睡就好了啊。」

「……誰曉得妳會做出什麼事情來，所以妳得睡我旁邊才行。我要擋在妳和阿巧中間，好好看守。」

「嘴巴上這麼說……妳該不會其實想自己鑽進巧哥的被窩吧？」

「啥……我、我怎麼可能會做那種事！」

經過一番爭論，最後我們決定讓阿巧睡中間。好吧，這應該是最理想的結果了。

我們三人各自就寢，關掉電燈。

熄燈後，雖然一度因美羽企圖鑽進阿巧的被窩而引起騷動，不過那也只持續了大約五分鐘。

黑漆漆的房間很快就安靜下來。

沒有人說話。

他們兩人好像已經睡著了。

可是我卻——遲遲無法入眠。

因為阿巧睡在旁邊而緊張……這雖然也是一個原因，不過還有別的事情更令我煩惱。

那就是美羽的事情。

自己的女兒在想什麼——我在被窩裡不停思考這一點。

我雖然配合美羽，在兩人面前裝作好像什麼事都沒發生，可是一旦四周變得安靜無聲，我就無論如何都會開始想東想西。

整顆腦袋愈想愈混亂——

「…………」

因為怎樣都睡不著，於是我悄悄地出了被窩，然後小心不發出聲音，躡手躡腳地離開房間。

獨自走在昏暗的走廊上。

僅憑著照亮腳邊的微弱燈光漫無目的地走了一會，自動販賣機的光線映入眼簾。

我買了不含咖啡因的茶，背靠著牆啜了一口。

牆壁的另一側是整面玻璃。

可以清楚望見外面的景色。

夏天的群星，在玻璃另一頭的夜空中閃爍。

虛渺卻美麗的點點星光奪走了我目光——而就在此時。

「綾子小姐。」

呼喚我的聲音傳來。

回過頭，阿巧正朝我走來。

他帶著有些擔憂的神情，注視著我。

「阿巧……」

「妳怎麼了？怎麼這麼晚還出來。」

「……因為我睡不著。阿巧，你該不會也是吧？啊！……抱歉，是不是我吵醒你了？」

「沒有，其實我也睡不著，一直都是醒著的。因為發現綾子小姐出來了，才跟著追出來。」

阿巧似乎同樣難以成眠。

「居然在旅行時睡不著覺，感覺好像小孩子喔。」

「就是啊。」

我打趣地這麼說，阿巧也苦笑回應。然後，他忽然望向玻璃另一頭的夜空。

我也循著他的視線，再次望向夜空。

「今天的星星好美喔。」

「就是啊。我在浴池時也這麼覺得，真的好美呢……」

「浴池……」

「沒錯、沒錯，就是房間的露天浴池，那裡的景色真的好好——」

話說到一半，強烈的羞恥感頓時襲來。

唔哇啊，糟糕！

我怎麼會自己提起混浴時的話題啦！

果不其然，阿巧紅著臉，露出渾身不自在的表情。他大概是回想起混浴的事情了。我也同樣回想起來……整個人害羞到不行。我根本是在自掘墳墓吧。

在一片尷尬的氣氛中。

「那個……綾子小姐。」

阿巧開口，重啟話題。

「我看妳剛才表情悶悶不樂的……妳還好嗎？」

「……我有露出那種表情？」

「這個嘛，還挺明顯的。」

阿巧一副難以啟齒，卻又明確地回答。

我停頓了一會，才沒轍地靜靜吐了口氣。

「……嗯。其實，我現在……有點煩惱。」

「莫非是……美羽的事情？」

「唔，你果然感覺得出來嗎？」

「當然啦，只要看到她最近的舉動就知道了。」

阿巧一臉不悅地說。

看樣子，阿巧對於美羽最近的驟變也頗有意見。

「……其實，我們兩個剛才起了點爭執。」

「爭執……？」

「啊！不過完全沒什麼大不了的，並沒有到吵架的程度……只是該怎麼說，感覺就像齒輪無法順利地咬合。」

無法咬合。

我看著女兒、女兒也看著我，明明互相面對著彼此，目光卻不知為何沒有相對。儘管互相交談著，卻有種彷彿身在不同次元一般奇異的疏離感。

「我不懂美羽心裡在想什麼……就算問她，她也什麼都不肯說……因為這種情形還是第一次發生，讓我感到有些混亂。」

不明白。

不懂美羽的心情。

即使鼓起勇氣問了，卻還是遭到對方拒絕。

儘管狼森小姐曾經鼓勵我「這是很正常的事情」，然而我依舊無法樂觀地思考。

「……如果……」

思緒逐漸沉向黑暗，不由自主地想起一些無濟於事的事情。

思考起一些想了也沒用的事。

「如果我是她真正的媽媽……是不是就能做得更好呢？」

若是真正的父母。

若是有血緣關係的親子。

若是已故的姊姊。

是否就能更加理解女兒的想法呢？

又或者即便無法理解，也能夠沉穩安心地面對一切，而不會像我這樣惶惶不安呢？

「假使我們是真正的母女，是不是就能更——」

「——綾子小姐。」

強硬而嚴厲的說話聲，在我幾乎要被黑暗所蒙蔽的心中響起。

赫然抬頭——只見阿巧以嚴峻的眼神凝視著我。

「妳要是再說這種話，就算是開玩笑，我也要生氣了喔。」

「咦……」

「綾子小姐——怎麼可能不是美羽真正的媽媽呢？」

他以彷彿發自內心真摯無比的語氣說道。

「綾子小姐這十年來陪伴在美羽身旁，給予她比誰都來得濃郁的愛，將她撫養至今……那份心意如果不是真的，那什麼才是真的？」

「…………」

「美羽一定也是這麼想的。所以……如果有人說綾子小姐『不是真正的媽媽』，我絕對不會原諒對方。即便那個人是——綾子小姐自己也一樣。」

「阿巧……」

平靜的怒氣，及其背後多上好幾倍的溫柔——面對如此激烈的情感，我感到胸口徐徐地發熱。

明明心臟怦怦地猛跳，心情卻十分平靜安穩……一種不可思議的安詳感將我包圍。

「……也對。抱歉，說了這麼沒出息的話。」

我真是太沒用了。

居然發了這種毫無建設性，徒有空虛的牢騷。如果是「真正的媽媽」就怎樣怎樣……這種話雖然聽起來像在煩惱，實際上也不過是逃進自虐裡罷了。

「……我才應該道歉才對。我一不小心就說了自以為是的話。」

「不，別這麼說。謝謝你，阿巧。多虧有你，我現在覺得舒坦一些了。」

我嘻嘻笑道。

「好不思議喔……感覺阿巧的話……一下子就在我心裡渲染開來。」

比其他任何人的話，更能深深打動我的心。

對此，我一直都感到很不可思議——但是現在我稍微懂了。

那一定是因為阿巧是真心替我著想。

幾乎要滿溢的心意乘著話語，傳達至我內心深處——

「阿巧果然……對我來說很特別。」

「……這話是什麼意思？」

他一臉忐忑，用像在期待些什麼的眼神看著我。

這時，我才後知後覺地發現……自己不小心說了相當引人誤會的話。

「咦……啊，不是，呃……我、我說的特別並沒有奇怪的意思！該、該怎麼說呢……」

我拚命想辦法自圓其說。

「相、相處時間的長短……果然有差呢！因為阿巧過去一直關注我，我才能夠坦然地相信阿巧所說的話，我就只是這個意思，並沒有太深的含意……」

「……不只是『過去』喔。」

他朝著努力找藉口的我踏近一步。

然後。

用兩手——抓住我的雙肩。

「咦……」

突如其來的舉動，令我心跳加速。

大而骨感的，男人的手。

但是抓住我的手卻非常溫柔，而且微微地顫抖。

只有微弱光線的昏暗走廊——

正面注視我的誠摯眼神。

眼眸中儘管流露出緊張與不安，卻也蘊藏著更加豐沛的熱情與決心。

「假使綾子小姐允許，我『今後』也想一直……一直陪在妳身邊，永遠和妳在一起……」

「阿巧……」

我彷彿快被吸進他堅定不移的眼神中。甜蜜而激情的話語幾乎融化我的心，整個腦袋像是喝醉般昏昏沉沉。

「綾子小姐……」

他微微在手臂中施力，將我拉近。

我已經沒有力氣抵抗了。

只能任憑擺布。

「「…………」」

我倆默默地凝視彼此。一秒、兩秒、三秒……好似永恆又宛如剎那的奇妙時間之流，將我倆團團圍繞。感覺好像即便不交談，彼此的心意也能相通。

這裡沒有別人。

正看著我們的，就只有夏季的夜空。

既然如此——唯獨此刻，或許可以將所有的偽裝和藉口褪去，將自己全然地交付給眼前的青年。

阿巧的臉慢慢地靠近。

我沒有拒絕也沒有抵抗，而是自然地閉上雙眼——

啪噠啪噠。

忽然間，走廊另一頭傳來穿著客房拖鞋走路的腳步聲。

「「～～～！」」

我們反射性地往後退，拉開彼此的距離。

朝這邊走來的——是一對四十多歲的陌生夫妻。可能和我們一樣是住宿旅客吧，他們一邊竊竊私語、一邊經過我們身旁。

我屏息等待他們的身影消失。

心臟……撲通撲通地高聲跳動。

另一方面，原本昏沉的腦袋則是急速冷靜下來。

「……！」

等等，等一下。

我……剛才想做什麼？

阿巧剛才差點要對我做什麼？

慘、慘了慘了……！剛才的情況實在太不妙了……我居然自然而然、不由自主地委身於他，腦袋變得好像喝醉了一樣，一瞬間有了「什麼都無所謂了」的念頭……！

怎麼搞的？這是怎麼回事？

莫非這就是所謂的旅行魔法？

「……綾子小姐。」

「是、是的！」

我不由得身體一震、轉過身去，結果方才濃烈到令人害怕的熱情，已從他眼中徹底消失。

阿巧一臉難為情地用惋惜的語氣說。

「已經很晚了，我們差不多該回去了。」

「……說的也是。」

我無力地點頭。

之後，我們便一起走回房間。

感覺鬆一口氣……卻又覺得有些遺憾的，極其複雜的心情。

最初的煩惱是稍微緩解了，然而這下似乎又得為了別的理由無法成眠。

第六章
真相與王牌

♥

結束旅行返家的隔日——

美羽一早就和朋友出去玩了。

為了避開和我交談而安排行程——雖然有可能是這樣，但也或許是我自己想太多。

身為社會人士和主婦的我，沒有暑假這種東西。

工作和家事，我有好多事情非做不可……但是。

「……唉～」

我趴在客廳的桌上，深深嘆息。

手裡——握著從房間拿出來的我的寶物。

裝飾繁複、色彩繽紛的槍。

雖然是玩具槍，卻是價格超過五萬日幣的高級品。

「愛之皇」系列第四部。

全系列中最大的野心之作及問題之作——「愛之皇・鬼牌」。

在這部作品中登場的愛之皇之一，水雞島灯弓。

她在變身成「愛之皇・索麗緹雅」時使用的道具，就是這把變身機槍「心兒砰砰跳麥格農」。

這不是動畫播映期間販售給兒童的商品，而是後來由「PREMIUM DANBAI」所販售、專門為大朋友推出的商品。

細部的細節非常精緻，讓人有種作品中的道具如實出現在自己手裡的滿足感。而且按下按鈕，還會播放出作品中的經典台詞、主題曲和插曲。

我按下其中一個按鈕。

——我的王牌招數是——雙面性。

機槍中播放出第三十六集的經典台詞。

的的確確是本人的聲音。

水雞島灯弓這個角色的配音員——繫真理愛的錄音。

儘管距離動畫本篇完結已經過了好幾年，但是配音員配合這件玩具的發售，又重新錄製了好幾句本篇的台詞。

「唉……好帥氣。小灯弓真是太值得尊敬了……」

隨著第三十六集的場景在腦中重現，強烈的幸福感逐漸充斥全身。

若是再播放這個場景實際搭配過的插曲，更是讓人有種彷彿身歷其境，又宛如自己化身成為小灯弓的感覺——

總之。

現在的我，就是在做這種事情來逃避現實。

「……唉。」

我嘆了口氣，放下手上的槍。

以往我只要玩這個價值超過五萬日幣的變身機槍，大致所有的壓力和煩惱都會立刻被淨化——可是今天不管我怎麼把玩，心情還是開朗不起來。

無論再怎麼重新確認小灯弓的高貴情操，內心依舊悶悶不樂。

「美羽……」

自旅行歸來後，我和美羽之間的尷尬感依然持續著。

由於對方沒有表現出特別在意的樣子，言行舉止還是如往常一般，結果反而更讓人感到焦躁。

雖然多虧狼森小姐和阿巧的開導，我並沒有過於沮喪和煩惱——但是，我的心情還是舒坦爽快不起來。

我到底該怎麼做才好？

美羽現在是什麼樣的心情呢——

無意間望向牆上的時鐘，我大吃一驚。

「……哇！已經這麼晚了！」

就在我煩惱個沒完、以變身機槍逃避現實的時候，一轉眼，上午已經過了超過一半了。

唔哇～糟了、糟了。

我有好多事情非做不可耶！

洗好的衣服還沒晾、碗盤還沒洗，還有工作上的事情必須處理，而且我也已經約好今天下午要帶伴手禮去阿巧家——

「……我得好好振作才行。」

如此告誡自己後，我站起身。

首先是洗好的衣服。

早上拿去洗的衣服已經洗好了，於是我從洗衣機裡拿出來晾乾。

接著，我將昨天折完整理好的乾淨衣物，分別收到我和美羽的房間裡。

我先收拾自己的衣服，再來是美羽的份。

我站在美羽的房間前——叩叩地敲門。

明知道她不在，我還是習慣性地先敲門才進入房間。

也許有些孩子升上高中之後，就很討厭父母擅自進入自己的房間，不過美羽屬於不會在意這一點的類型。

不僅如此，她還說「媽媽隨時都可以進來打掃喔」。比起維護隱私，她似乎更看重母親替自己打掃這項好處。這孩子真是的……

我進到房內，一如往常地將美羽的內衣褲和衣服收進衣櫃。

正當我心想要不要順便打掃一下，舉目環顧周遭時——

「……嗯？」

我注意到某樣東西。

書桌上的書架——在直向排列的課本之間，勉強插著一樣尺寸明顯不同的東西。

「是什麼呢……？」

我在好奇之下拿出來，結果那是一個相框。

而裡面裝的是——

「——！」

美羽的畫。

是她六歲左右時畫的。畫裡，美羽和阿巧感情融洽地手牽著手。

空白處則以歪七扭八的字寫著：

『希望長大後可以和巧哥結婚。』

「…………」

無法言喻的情感湧現，令我幾乎窒息。收藏在記憶深處的回憶，一下子如洪水般奔流湧出。

啊……好懷念。

這個字，好像還是我教她寫的。

因為美羽拜託我，於是我就教她寫注音。

『哇～好厲害！妳畫得好棒喔！這是美羽和阿巧對不對？』

『嗯，沒錯。』

『畫得真好耶。妳會不會是天才啊？將來，妳說不定能成為畫家或插畫家喔。』

『媽媽，美羽要在這裡寫願望，妳教我寫字。』

『願望……可是這不是短冊耶？』

『沒關係！我要寫！寫完我要拿給巧哥看！』

『好好好。』

禁不住美羽倔強的請求，我教她寫了字。

雖然我可能只是個寵溺孩子的傻母親，但我真的覺得她畫得很好，所以決定把畫放進畫框裡裝飾起來。

後來——

圖畫完成的幾天後。

美羽說她已經讓阿巧看過那幅畫了。

就在我因為臨時有工作要處理必須在房間閉關，於是拜託他來當保母的那天。

『……媽媽，妳的工作做完了嗎？』

那天傍晚，美羽來到我房間。

『嗯，大致完成了。抱歉喔美羽，媽媽沒辦法陪妳玩。』

我將視線移離電腦，撫摸走近我的美羽的頭。

『沒關係，反正有巧哥陪我玩。』

『是嗎？那太好了，媽媽真的得好好感謝阿巧呢。妳等我一下，媽媽馬上就到樓下去，我們大家一起吃點心吧。』

『好！』

『……咦？』

這時，我注意到美羽手裡的畫。

『那幅畫，妳給阿巧看過了嗎？』

『嗯！美羽拿給他看了。巧哥稱讚我畫得非常好喔！』

『這樣啊，真是太好了呢。』

『還有、還有，美羽和巧哥約定好了！』

美羽雙眼發亮，一副喜不自勝地說。

還一邊非常寶貝地緊摟住手中裝在畫框裡的畫。

『約定？』

『就是長大以後要結婚！這個約定……啊，弄、弄錯了！』

美羽臉上幸福的表情，倏地變成驚慌失措的後悔神情。

『這是祕密！美羽和巧哥已經決定好不告訴任何人約定的事情！就算是對媽媽也要保密……』

『哎呀，是這樣啊。呵呵呵，妳放心，因為媽媽剛才正好沒聽見。』

『真、真的嗎？』

『是啊。媽媽恰巧就在那個時候耳鳴了。』

『這樣啊～太好了。』

我欣慰地望著相信拙劣謊言，由衷安心地展露笑容的美羽。

這便是那一天的記憶——

「…………」

沒錯。

我想起來了。

我過去為何——會聲援美羽和阿巧的感情。

在得知阿巧隱藏許久的心意之前，我為何會希望他們兩人將來能夠在一起，甚至是結婚。

那是因為——這是美羽年幼時的願望。

所以，我才會聲援他們兩人的感情——

「……！」

畫差點從發抖的手中掉落，我急忙用力握住畫框。

畫裡，兩人露出開心的笑容。

美羽和阿巧手牽手笑著，一副非常幸福的模樣。

啊——

這樣啊。

原來如此。

這下——全部都串起來了。

令我悶悶不樂、消化不良的問題，原來其來有自。

美羽心裡在想什麼——我總算明白了。

旅行地的飯店。

站在房門前的那孩子，口中所說的「約定」二字。

當時的美羽，以幸福無比的表情。

說出與阿巧之間的結婚「約定」——

「……原來是這麼回事。」

腳下踩空般的悵然若失襲來。明明腦袋輕飄飄的缺乏現實感，扎心的痛楚卻硬生生地讓我明白這無疑是現實。

美羽──喜歡阿巧。

從小時候就開始。

然後如今也一直、一直、一直──

想看的人再看吧。

「愛之皇」用語解說③

・**「我的王牌招數是——雙面性」**

這是在「愛之皇．鬼牌」中登場的候補皇帝「愛之皇．索麗緹雅」，也就是水雞島灯弓在本篇第三十六集的結尾所說的台詞。

灯弓因為遭人洗腦而誤以為自己是萬惡的根源「鬼牌」，在本篇中段得知這個事實後暫時脫離戰線。可是，她在現世與冥界的夾縫——極樂世界，與第一集中被自己殺死的愛之皇．凱蒂重逢，並且從她身上獲得紅心A的力量，成功覺醒成為愛之皇．索麗緹雅＝皇后型，回歸戰場。

然而，強行融合紅心A和黑桃皇后這兩張牌的皇后型，卻是一份使用愈多次，生命就會隨之縮短的禁忌力量。在愛之皇們的互相殘殺漸入佳境的同時，皇后型也正不斷侵蝕著灯弓的肉體與靈魂。

受到在第三十五集現身的最後大魔王——「鬼牌」的攻擊，灯弓即便以皇后型應戰依舊敗北，而且還接收到「再變身一次就會沒命」的警告。可是在之後的第三十六集的結尾，她卻為了保護城市不受鬼牌所釋出的量產士兵破壞，一邊說出前述的台詞，一邊完成了最後的變身。將生命燃燒殆盡所完成的最後變身，既不是為了打倒宿敵「鬼牌」，也不是為了讓自己在愛之皇間的互相殘殺中獲勝，單純只是為了擊退量產士兵以保護平民百姓。接著來到第三十七集，在一番殊死戰後成功保護城市的灯弓，因行使了超越極限的禁忌力量，導致全副肉體都消滅化為塵埃。儘管壯烈犧牲了，灯弓臉上的表情卻是如此地幸福且滿足。

喜歡孤獨、不愛與人親近，甚至過去總是說為了讓自己生存，犧牲他人是理所當然的。那樣的灯弓，在經歷一番殊死戰後回想起自己兒時「想成為英雄」的夢想。在最後的最後，為了不知名人們犧牲奮戰的壯舉，深深打動許多觀眾的心。

順帶一提，第三十六集結尾和第三十七集的皇后型與平時不同，背上多長出了八片翅膀，官方網站上稱之為「真．皇后型」。八片翅膀成為她生命的倒數計時器，會隨著時間流逝一片片地消失，而當最後一片消失時，便是灯弓絕命之時。

據說一開始，官方並沒有打算賦予身為候補皇帝的她最終型態，但是因為水雞島灯弓受歡迎的程度超乎預期，後來才緊急創作出這樣的故事情節和新型態。因此，播映當時所販售的玩具並沒有加入她變身成「真．皇后型」的特殊音效。可是節目播放結束後，由PREMIUM DANBAI所販售，專門為大人推出的商品中，就有收錄那個特殊音效。

・**繫真理愛**

日本的女性配音員暨演員。出道作是「愛之皇．鬼牌」中的候補皇帝「愛之皇．索麗緹雅」。

一出道，便因擁有超越新人的實力而引發話題，可是她本人原本其實是想成為演員，會走上配音這條路完全是基於經紀公司的決定。就連愛之皇的甄選會，據說也是經紀公司硬逼興致缺缺的她去參加。在甄選會上，她很乾脆地回答「我對動畫沒興趣」，然而那副冷淡又滿不在乎的態度引起了導演的注意，決定讓她擔任水雞島灯弓這個角色。

她在本篇的播放期間平淡地完成份內工作，之後的配音之路也走得相當順利，但是在本篇結束的五年後——她卻突然宣布退出配音界。當時，她做出了「其實我一點都不想當配音員。我不是為了做愛之皇這種美少女動畫，才進入這個世界的」這番露骨的發言，結果引起愛之皇系列粉絲極大的反感。之後，她為PREMIUM DANBAI針對大人所推出的變身道具錄製語音後便退出配音界，並且前往海外，朝女演員之路邁進。

後來，她在演員這條路上表現得十分亮眼，也不再以配音員身分和愛之皇系列搭上關係。人氣角色水雞島灯弓雖然每年都會在慶典電影中現身，但是因為配音員的問題，所以一向沒有任何台詞。

可是去年，在每年都會上映的跨界夏季電影「愛之皇．永恆的回憶」中，繫真理愛本人卻以配音員身分為水雞島灯弓獻聲。由於她已確立女演員的地位，大眾又因為前述的情報認為「對繫真理愛而言，演出愛之皇系列是她的黑歷史」，因此事前完全沒有透露消息的驚喜演出，令粉絲們大吃一驚。

儘管也有部分粉絲因為她從前「愛之皇這種美少女動畫」的言論，對她的回歸感到不悅，但是多數粉絲還是很高興水雞島灯弓能夠復活。電影播映結束後，繫真理愛做出了「水雞島灯弓是我心目中最特別、最喜愛的角色」這番充滿善意的發言，至於她現在對於在愛之皇系列中以配音員身分出道一事有何想法——也只有她自己才知道了。

第七章
伴手禮與決斷

♥

美羽近來的古怪行為總算有了解釋。

——巧哥就由我來和他交往。

她會說這種話，和我互相競爭——說到底，都是為了刺激我。

刺激、煽動、起鬨，想方設法地讓始終原地踏步、遲遲不做出答覆的我，往前邁出最後一步。

一心一意想要聲援我和阿巧的感情。

可是。

她的行動——卻是壓抑自己的愛慕之情做出來的。

美羽其實喜歡阿巧……然而她卻壓抑住那份心情，試圖推著我前進。

想到這裡，一切就都合理了。

見到我擺出優柔寡斷的曖昧態度，美羽會感到煩躁也是正常的事。

因為——對方是美羽喜歡的男人。

自己迷戀的男人，不停對別的女人展開熱烈追求。

然而那女人卻遲遲不給個明確的答覆，看是要交往還是拒絕，反而打算維持曖昧不清的關係。

這麼一來——她會不高興是理所當然的。

美羽究竟是什麼樣的心情呢？

她是以何種心情，看待被阿巧追求的我呢？

因為優柔寡斷而給不出答案，但是卻又暗自竊喜到整個人飄飄然的我……她究竟是以何種心情看待呢？

她又是如何壓抑內心的悲傷與煎熬，聲援我們的感情之路呢？

渾然不知。

我完全沒有察覺她的心情。

我究竟對那孩子做了多麼殘酷的事情啊——

——……是啊，那當然了。

我忽然想起。

想起美羽說「妳會替我加油的，對吧？」時，我做出的回應。

——如果妳要和阿巧交往……我這個做母親的是再高興不過了。因為就如同妳所說的，我一直都很希望美羽和阿巧交往。

——假使妳們兩人要交往，我一定會以母親身分由衷表示支持。

——如果妳是認真的。

是——認真的。

美羽是認真的。

儘管她策劃了重重計謀，但是追根究柢都是出自對阿巧的心意。

她是真心喜歡阿巧的。

恐怕從很久以前就開始。

從好幾年前起，就一直、一直喜歡他。

簡直。

就像阿巧持續喜歡了我十年一樣。

美羽想必也喜歡阿巧很長一段時間了。

既然如此，我——

「……綾子小姐？」

聽到有人呼喚我，陷入沉思的我赫然回神。

「咦……」

「妳還好嗎？妳好像在發呆耶。」

「……啊！我、我沒事。不好意思，我只是在想點事情。」

「沒事就好。」

阿巧的母親——朋美小姐露出安心的笑容，將茶擺在我面前。

左澤家的客廳。

下午，我在約定的時間帶著夏威夷渡假村Z的伴手禮來到左澤家，結果受到朋美小姐「機會難得，妳就喝杯茶再走吧」的勸說，於是便留下來打擾了。

「謝謝妳喔，綾子小姐。」

自己也坐下之後，朋美小姐看著伴手禮的盒子說道。

「明明是我們自己有問題，臨時取消預定行程，結果還讓妳特地買了伴手禮回來。」

「不，請別這麼說，我們才是非常感謝妳們幫忙出一半的住宿費。多虧妳們，我們才能住到那麼好的房間。」

「這點小事不用放在心上啦。重點是，那邊的家庭浴池如何？妳有去泡嗎？」

「有、有的……感覺非常舒服。」

一瞬間，混浴時的各種景象掠過腦海，我趕緊將之揮去。

之後，朋美小姐打開伴手禮的包裝，邀我一起享用。

我買回來的是鳳梨達克瓦茲禮盒。

是夏威夷渡假村Z的伴手禮之中，最為經典的一款甜點。

雖然我和朋美小姐都吃過好幾次了——不過，這種東西就是吃一個感覺嘛。況且，這款甜點也的確不管吃幾次都覺得美味。

順帶一提，達克瓦茲是一種以杏仁風味的蛋白霜做成的法國傳統甜點。而這款伴手禮的特色，是在酥脆的餅乾縫隙間加入鳳梨果醬，能夠品嘗到濃濃的熱帶風味。

「對了……綾子小姐。」

吃完一塊甜點後，朋美小姐有些遲疑地向我問道。

「妳和巧，那個……現在怎麼樣了？」

「咦……」

「從那孩子告白到現在，已經差不多要兩個月了吧？我在想，不知道有沒有什麼進展。我記得，你們曾經去約會過一次對吧？所以，你們現在實際上狀況如何？」

朋美小姐雖然一副不好意思的樣子，卻意外地追問個不停。

妳對兒子管太多了——我完全沒有這種想法。

反而覺得這是理所當然的事情。

畢竟她的獨生子，向我這樣年長超過十歲的單親媽媽提出了交往的要求。

身為母親，會在意這段戀情的走向非常正常。

「呃……對、對不起，其實我們還沒有任何進展……我到現在都還沒回覆他的告白。我、我們雖然的確有約會過……不過要、要怎麼說，我們現在……應該算是朋友以上戀人未滿的關係嗎？」

……說出這番話讓我好痛苦。

重新向人解釋現狀的感覺……真是難受啊。

聽到三字頭女人說她和自己二十歲的兒子是「朋友以上戀人未滿的關係」，做母親的會是什麼樣的心情呢……

「……是這樣啊。」

朋美小姐表現出像是放下心中大石般安心的複雜反應。

「抱歉喔，問了這麼私人的問題。」

「不、不會……我才要為了自己是個優柔寡斷的女人感到抱歉……」

「啊，沒關係、沒關係！我沒有要責備妳的意思！」

見我深深低頭致歉，朋美小姐急忙接著說。

「畢竟綾子小姐也有妳自己的苦衷，真的不需要急著下決定。況且妳身邊還有美羽，會慎重考慮也是理所當然的事。」

以真摯的語氣說完，她一臉困窘地苦笑。

「不過嘛……要說我不在意結果是騙人的……但就算是這樣，妳也不需要因為在意我們家而急著做出結論。」

「…………」

「雖然我今天忍不住好奇問了……但是妳真的不需要顧慮我。我完全沒有要責備妳的意思，反而……還覺得有點開心呢。因為綾子小姐是這麼認真地在考慮我家兒子的事情。」

「朋美小姐……」

溫柔滲入了心中。

因為滲入得太深，讓眼淚幾乎要奪眶而出。

啊，她真是一位好母親。

居然完全不責怪如此沒用的我，還對我說出這番溫暖的話語，真是教人感激到不禁內疚起來。

「——為什麼？」

回過神時，我已經開口了。

「為什麼朋美小姐……會同意我和阿巧交往呢？」

「咦……？」

「……啊！不對，畢、畢竟我們也還沒確定要不要交往，說同意好像怪怪的……不過……妳好像並不反對的樣子。」

儘管整個人語無倫次，我還是努力字斟句酌地說下去。

「像我這種年紀差了超過十歲，又有小孩的人……一般應該都會反對自己的小孩和對方交往才對……」

「這個嘛……」

朋美小姐露出像在沉思的表情。

「我之前可能也說過……其實一開始我也是持反對意見的。可是，在巧身旁看著他為了成為配得上妳的男人，持續努力了十年……我也漸漸有了想替他加油的心情——啊，不過——」

說到一半，朋美小姐做出忽然想到什麼的反應。

「我之前反對的理由和後來贊成的理由，說不定是一樣的。」

「一樣的……？」

「就只是希望孩子能夠幸福而已。」

朋美小姐說。

「說到底，無論什麼樣的父母，對孩子的期望就只有那一個。」

「…………」

「不管是支持孩子夢想和希望的父母，還是持反對意見的父母，心底所想的或許都是一樣的。兩者都只是希望孩子能夠幸福。」

這句話——我覺得一點都沒錯。

比方說，當孩子打算走上不穩定且前途多難的道路時，予以支持的父母就不用說了，即便是堅決反對的父母——也不是想要一味地否定孩子的選擇。

正因為比誰都希望孩子獲得幸福，才會希望孩子避開艱辛的道路。

無論是升學還是工作——當然，交往對象也是。

「幸福的形式雖然因人而異，不過能夠和打從心底喜歡的人結合……應該是人生中排名相當前面的幸福吧？既然如此……我當然不能阻撓孩子獲得那樣的幸福。我想，我的想法大概就是這樣吧。」

朋美小姐以不太自信的語氣說道。

「……妳好棒。」

我這麼對她說。

「真不愧是朋美小姐。」

「咦？討厭啦，綾子小姐妳真是的。妳這樣誇我，我也不會給妳任何好處喔。」

朋美小姐害羞地笑答。

「會這樣想很正常啦。因為——」

世上沒有做父母的不希望孩子獲得幸福。

然後。

她像是為了掩飾害臊，說出這句謙虛的話。

我則是——拚命堆起笑容。

努力不讓她發現我胸中的陣陣刺痛。

為了不讓在內心深處翻騰的苦惱和悲傷洩漏出來，我拚命保持笑容，離開左澤家。

走進位於隔壁的我家玄關時——我已下定決心。

「……呼。」

我脫掉鞋子，輕吐一口氣。

決定了。

已經決定了。

我——不會和阿巧交往。

我要明確拒絕他的告白。

因為——我怎麼能夠和他交往呢？

我這個做母親的，不可能和女兒的心儀對象交往。

直到最近才意識到他是個男人的我，不可以從已經喜歡他好多年的美羽手中搶走他。

所以，我不會和阿巧交往。

而且——我還要替美羽加油。

我要全力支持她，讓她和阿巧能夠順利在一起。

言出必行。

既然美羽是認真的，我該採取的手段就只有這個。

沒什麼大不了的。

只不過是回到從前罷了。

只是回到阿巧沒有告白的時候而已。

對我而言，他是溫柔又善良的鄰家男孩，是弟弟或兒子一般的存在——除此之外沒有別的了。

雖然一時之間可能辦不到，不過我們一定能夠回到原本的關係。即便回不去，這也是遲遲不回覆告白的我自身的罪，我必須一輩子背負下去才行。

沒問題。

我一定做得到。

只不過是——回到不久前罷了。

只是回到我完全沒有察覺阿巧的心意時而已。

像個隨處可見的平凡母親，守護女兒和青梅竹馬的男孩之間的戀情，是我的職責。

一邊說著「哎呀呀，喔呵呵，年輕真好啊」之類的話。

這則不倫不類的詭異愛情故事，終於將要回歸正軌。

一名男孩不是和青梅竹馬的母親交往，而是正常地和青梅竹馬交往的故事。

我和他只是從朋友以上戀人未滿的關係，回到普通的鄰居而已。

只是——如此罷了。

沒問題。一定沒問題。

只要阿巧和美羽能夠結合，我就能由衷地展露笑容。

因為我是——美羽的母親。

儘管不是我忍痛生下的孩子，我依舊是她真正的媽媽。

是比這世界上的任何人，都必須希望、祈禱女兒獲得幸福的人。

只要是為了孩子的幸福，什麼事情我都可以忍耐。

因為這世上，不可能有做父母的不希望孩子過得幸福。

第八章
母與女

♥

滴答滴答。

秒針在只有我一人的客廳裡清晰作響。

時間是晚上六點多。美羽聯絡我，說她會晚一點回來。她好像要和朋友去吃晚餐。

至於我則是什麼都沒吃，一直在等美羽回來。完全沒有食慾，心情差到食不下嚥。

滴答滴答。

秒針不停地走動。

好奇妙的感覺。我明明在等美羽回家，心裡卻萌生希望時間在某處靜止的念頭。

女兒回家——和女兒見面，令我感到害怕。

可是——已經不能再逃避了。

必須勇敢面對。

必須為至今所有的一切，做個了結——

「……我回來了～」

繼開門的聲音之後，懶洋洋的說話聲傳來。

「美羽，歡迎回來。」

我來到玄關，一如既往地回應。

「我有些話想跟妳說，可以嗎？」

接著這麼說。

「…………」

美羽不發一語地進到客廳，坐在沙發上。

我則不自覺地坐到餐桌旁。雖然這是一件必須面對面談的事情——但是，我好害怕面對面會讓我的決心動搖。

在一陣令人如坐針氈的沉默之後。

「……所以，妳想說什麼？」

美羽好似不耐煩地，以帶刺的口吻說道。

「不過我也大概猜得出來啦。妳是想繼續談旅行時的話題對吧？」

「……那件事情就算了。」

我微微搖頭。

「因為我已經全都明白了。」

「咦……」

「美羽……我終於明白妳想做什麼了。」

我這麼說。

「妳最近這陣子的行為……果然全部都是為了撮合我和阿巧吧？一如我起初所猜想的，妳故意裝作想和阿巧交往的樣子，試圖藉此刺激我……」

「我說了，那是——」

「但是……」

我打斷她的反駁，接下去說。

「光是那麼做——完全不夠。」

不夠。

儘管並非毫無效果——然而完全不夠。

「美羽妳從一開始，便一心一意想要聲援我和阿巧的感情。這一點始終不曾改變。就連妳會開始做出和我爭奪他的行為……也是為了激勵優柔寡斷給不出答案，一直依賴阿巧的善良的我。姑且不論做法好壞，妳所採取的行動全是為了我著想，對吧……？可是——」

聲音顫抖。

感覺快要不能呼吸。

儘管如此，我還是拚命擠出聲音。因為即便只有一瞬間，一旦止住話，感覺就會再也說不出話來。

所以——我要說。

只要說出這一句話，就再也無法後退了。

但是，我非說不可。

「——美羽，其實妳喜歡阿巧吧？」

從小時候就一直喜歡他對吧？

就這樣。

我說出來了。

就在剛才那瞬間，我跨越了再也回不去的某條界線。感覺原本在身後的退路，宛如承受不了重量的薄冰一般，靜靜地碎裂散去。

「最近妳說要自己和阿巧交往……表現得好像對阿巧有意思的樣子……我本來以為那是妳用來刺激我的演技——但是我錯了對吧？其實妳在那之前，就一直、一直在演戲……」

假裝自己是——假裝對左澤巧有意思。

一邊擺出好像沒意思的態度，一邊假裝對他有意思。

美羽發揮了雙重演技。

我徹底上當了。

我沒能察覺女兒的謊言。

「對不起，美羽……我至今一直沒能察覺妳的心情。」

「……如果是這樣，那又如何？」

冷淡無情到令人戰慄的說話聲。

美羽依舊面無表情，淡淡地說。

「假使我真的就像媽媽說的一樣喜歡巧哥……那麼，媽媽妳會怎麼做？」

她緩緩地將臉轉過來，以清澈的雙眼直視我。

挑釁似的目光，狠狠刺進我內心深處。

「妳會替我加油嗎？」

那是──她在幾個星期前也說過的話。

可是，現在的情況和當時不同。

我已經得知美羽的真實心意了。

既然得知了所有真相，就必須做出決斷。

「……美羽，妳仔細聽我說。」

深深吸了一大口氣之後，我開始說。

說實話，我好想現在立刻離開現場。莫名的壓力感覺隨時都會將我壓垮。

可是──我不能逃跑。

因為我已經踏進、跨越無法回頭的地方了。

「我是妳的母親。」

語氣堅定地說完，我從椅子上站起來。

走到坐在沙發上的美羽面前，站著和她正面相對。

「我雖然不是妳的生母……但是我真的把妳當成自己真正的女兒。這麼說，妳也許會覺得我是在強迫妳接受自己的好意，又或者覺得我挾恩圖報……但無論如何，我確實比這世上任何人──都希望妳能夠幸福。」

──世上沒有做父母的不希望孩子獲得幸福。

朋美小姐的話浮現腦海。

沒錯，正是如此。這話說的一點都沒錯。

為人父母者，希望孩子獲得幸福是理所當然之事。

做不到那一點的父母──沒資格為人父母。

「我希望美羽妳獲得幸福。只要妳能夠幸福，我什麼事情都願意為妳做。所以……我沒辦法拋下妳，和妳喜歡的男人交往。」

辦不到。

不可能做得到。

母親搶走女兒所愛的男人。

這種事情──我不可能做得出來。

「妳希望我能夠幸福，刻意壓抑自己的心情來聲援阿巧和我的感情，這一點真的讓我很開心，也心懷感激。可是美羽……我沒辦法接受妳的那份心意。因為我……是母親。我想要……繼續當妳的母親……」

十年前──

我選擇了成為一名母親。

跳過戀愛、結婚、懷孕、生產等許多母親會經歷的過程，突然一下子就以美羽的母親身分而活。

我不是忍痛生下她的，真正的母親。

所以，我希望至少在情感上是真的。

我想要對美羽灌注不輸已故姊姊夫婦的真摯感情，將她撫養長大。

所以，我不能那麼做。

不能將身為母親的心情——擺在身為女人的心情之後。

「……那麼意思是，媽媽要為了我拒絕巧哥的告白嗎？」

「為了妳……這麼說也有點不太對。這純粹是我身為妳的母親，想要如何自處的問題。全部都是我的心態問題……」

「所以說……這次媽媽會替我的戀情加油嗎？」

「……是啊。我打算……這麼做。」

胸口像被緊緊勒住般發疼，呼吸也變得困難。

我握緊拳頭，拚命擠出話來。

「因為那才是……原本應有的樣子。不管怎麼想，妳和阿巧在一起才是最自然的。」

年紀稍有差距的一對青梅竹馬。

那樣的男女在一起——是極其正常且理想的愛情故事。
青梅竹馬的母親沒有出場的份。
我只要偶爾出來說「哎呀呀，喔呵呵，年輕真好啊」，盡到守護兩人的職責就好。
因為我——在短短兩個月前的身分便是如此。
沒什麼大不了的。
只不過是——回到原點罷了。
只是回到被告白之前而已。
這才正常。
這才自然。
這才是正確的樣子——
「所以我……打算聲援妳們兩人……我——」
本來是這麼打算的。
本來。

我這麼說。

雖然聲音微弱到快要消失，還是勉強讓話語成形。

「我本來想要這麼做，本來打算這麼做的。我真的、真的想要……明確拒絕告白，然後忘掉這兩個月的事情，將一切當作不曾發生……替你們兩人加油……可是……可是……嗚嗚……」

一直強忍的淚水徐徐從眼中溢出。

我再也站不住，當場跪在地上。

數小時前——

自左澤家返家，決定今晚要和美羽好好談談的瞬間——決定說出「我不會和他交往。我會明確拒絕告白」這番話的瞬間。

刺痛。

我的心好痛。

「嗚……嗚嗚……」

一陣又一陣，一陣又一陣地——

整顆心疼痛到無法置信的地步。彷彿心臟被細小的尖針插滿了一樣，劇烈的刺痛感襲來。

為什麼？

為什麼會這麼痛苦？

為什麼我的心會如此難受？

明明只是——回到不久前而已。

明明只是回到我還渾然不知阿巧心意的兩個月前而已。

明明只是這樣，然而為什麼、為什麼、為什麼——

為什麼我會如此——百般不願意？

明知道這樣不行。

明知道我是美羽的母親，必須振作起來不可，然而我卻——

「……咦？」

就在我飽受莫名心痛折磨的時候，手機收到了訊息。

對方是——阿巧。

『我傳旅行的照片給妳喔。』

相簿文件夾更新，增加了新的照片。

照片裡的——是笑容滿面的我們。

泳池、溫泉、電子遊樂場、餐廳、住宿的房間等等……在渡假園區各處拍攝的，我們三人的照片。

大概是因為攝影師是阿巧吧……我的照片稍微多了一點。

其中也有好幾張我和他的單獨合照。

通訊軟體的相簿裡，還有另一個文件夾是收藏上次去遊樂園約會時的照片。

「……！」

看著那一張張照片，過往的回憶一口氣湧現。

阿巧向我告白以來的兩個月。

我看待他的目光大為轉變的這些日子——將原本只視為兒子或弟弟的少年，當成男人看待的日子。

不僅如此，好比受到觸發一般——這十年來的記憶也隨之重現。

連過去只把他視作鄰家少年的日子，感覺也逐漸變成了色彩鮮明強烈、無可取代的特別回憶。

手機又收到了簡訊。

『希望兩家合辦的旅行，今後也能作為固定行程每年持續下去。

還有。

如果有機會，下次我也想和妳單獨去泳池或溫泉。』

「…………」

看到那則簡訊的瞬間，我抱著手機號啕大哭。

扎心痛楚的真面目——我總算察覺了。

「……抱歉，美羽。我喜歡阿巧！」

我這麼說。

將手撐在地板上支撐身體，低著頭撲簌簌地流淚。

以如此不堪的姿態──儘管如此，我還是把話說出口。

事到如今，我終於對猶豫不決、遲遲不給出的答覆──對自己一再蒙混敷衍的心，做出了結。

「我喜歡他……我無可救藥地喜歡上他了……！」

承認了。

不得不承認了。

這是多麼地諷刺又丟臉啊。

我居然在準備為了女兒退出──的那一刻，才發覺自己的心意。

居然非得被逼到這個地步，才敢面對自己真實的心聲。

「已經回不去從前了……無法再像什麼都不知道時那樣歡笑……因為──我

知道了。知道阿巧是多麼真心喜歡我了……」

而我也想回應、報答那份心意。

但是，那並不是出於義務感。

單純就是感到開心。

開心到無法自己。

他的一舉手一投足，在在都讓我覺得既開心又惹人憐愛——

「一開始他說喜歡我時……我腦筋一片混亂，甚至還曾陷入恐慌，也曾因為害怕面對他而轉身逃跑……可是，阿巧願意等待如此沒用的我做出答覆。連在等待的期間，也不停地表達對我的喜歡。這樣、這樣的他——教人怎能不動心呢！」

喜歡。

好喜歡。

我好喜歡阿巧。

一旦承認之後，愛意便有如洩洪般傾瀉而出。

「……對不起，我說的話很自私吧……明明在被告白以前都渾然不知……明明之前一直都只把他當成女兒的朋友看待。明明美羽喜歡阿巧的時間比我要來得更長……」

就如同阿巧持續喜歡了我十年——美羽恐怕也持續喜歡了阿巧十年之久。喜歡他到一直記得兒時的約定。

將愛慕他多年的美羽拋在一旁——我搶走阿巧。

這種自私自利的行為，是不可能被允許的。

我的腦袋很清楚這一點。

可是，我的心卻完全不肯聽話。

「我將阿巧視為男人，不過是從他向我告白之後的這短短兩個月……比美羽要短太多了……我知道，我都明白……可是，儘管如此……我還是無論如何都辦不到！明明才只有兩個月……我卻喜歡阿巧到了……令人不敢置信，連我自己都會笑出來的地步……我真的好喜歡他……」

激昂的情感掐住胸口，勒緊喉嚨。

話語斷斷續續地。

然而卻唯獨淚水流個不停。

「所以……我沒辦法……支持妳和阿巧在一起。不想給妳……唯獨這份心意，我無論如何都無法讓出……嗚、嗚嗚……」

眼淚啪答啪答地落在地板上。

我以哽咽的聲音，吐出內心真實的想法。

「對不起……對不起，美羽……我是個沒用的媽媽……我身為妳的母親，卻沒能將妳擺在第一位思考，對不起……」

啊——

好沒用。

我真是個沒用的母親。

明明現在應該要和女兒面對面，由衷向她致歉才對——

然而——我腦中卻只想著阿巧的事情。

開心的笑臉、生氣的表情、悲傷的表情、哭泣的表情、從前稚嫩的臉龐、現在精悍的臉龐……好多好多的阿巧從我回憶中浮現，填滿整顆心。

思慕他的心情逐漸高漲，無法克制——

「……我喜歡阿巧……我好喜歡他。我想和他交往，希望今後能永遠和他在一起……不想失去他……所以、所以，美羽……對不起，真的很對不起。」

請妳放棄阿巧吧……！

就這樣。

我說出口了。

不顧羞恥，也不顧顏面和尊嚴，摘掉所有身為母親及身為大人的面具，毫不掩飾地吐露真心話。

就像個不知世事的孩子般，任性地哭喊著。

發出彷彿發自靈魂的吶喊之後，我頓時沒了氣力，整個人失去平衡跌坐在地。

但是——輕柔地。

某樣東西溫柔地包覆並支撐起那樣的我。

簡直宛如——母親緊摟住哭喊的孩子一般。

「好啊。」

在耳邊響起的，是輕柔沉靜的說話聲。
如羽毛般輕盈美麗的聲音。
「既然妳都這麼說了，那也沒辦法。我就把巧哥讓給媽媽好了。」
緊抱住我的美羽一邊以非常輕鬆的口吻說，一邊緩緩退開身體。
自從哭出來就一直看不清的女兒的臉龐，終於映入眼簾。
「哎呀~居然哭成這樣。媽媽簡直就像小孩子似的。」
用衣袖替我拭去淚水。
美羽——笑了。
臉上帶著既滿足又幸福的微笑。
「太好了，媽媽終於明白『自己的心情』了。」

我們兩人並肩坐在沙發上，直到誇張地號啕大哭的我冷靜下來為止。哭累了而呈現恍惚狀態的我，不由得將身體靠在美羽身上。

美羽把手放在如此羞恥的我頭上，溫柔地撫摸。

感覺變成我是女兒，美羽才是媽媽一樣——

「……吶，媽媽。」

美羽以溫柔的語氣開口。

那副語調溫柔沉穩得宛如母親讀圖畫書給女兒聽一般。

「妳還記得嗎？我第一次喊妳『媽媽』那天的事情。」

「……記得啊。」

不可能忘記。

應該說……最近我老是被美羽提醒。

說我每次喝醉，都會提起那件事並放聲大哭。

「是我真正的爸爸和媽媽死後大約一個月的時候嗎？有一天我半夜醒來，號啕大哭。因為夢見死去的爸爸和媽媽……於是就莫名其妙哭了起來……」

「是啊。」

我至今仍記得很清楚。

半夜醒來的美羽——哭得非常厲害。

在父母的喪禮上連一滴眼淚都沒流的孩子，哇哇地大聲哭泣。

「我雖然不記得當時夢到什麼了……不過那應該是很幸福的夢吧。和死去的爸爸、媽媽玩得非常開心的夢。醒來後，我發現那全是一場夢……感覺自己被迫重新面對爸爸和媽媽已經不在了的事實……於是就難過地哭了起來。」

當時還小的美羽，大概無法立刻理解父母的離世是怎麼一回事吧。

所以她才會沒有流淚，並且近乎不自然地順利展開與我的新生活。

但是——那絕對不是一件健康的事。

她只是無法接受父母的死，整顆心麻痺了而已。

因負擔過重而麻痺的心——因為夢見了父母，終於開始正常運作。

「媽媽妳那天晚上，一直抱著我、給我安慰……我的心情卻始終無法平靜下來。所以隔天晚上——我就離家出走了。」

至今，我仍能鮮明地回憶起那一刻的後悔與恐懼。

正當我忙著準備晚餐時——忽然間，美羽消失了。

因為玄關沒有她的鞋子，所以我知道她跑出家門了。

「因為大人們之中，有許多人會委婉地將爸爸他們的『死去』，說成是『去很遠的地方了』或是『在天上生活』，所以當時五歲的我，有點期待說不定會在哪裡遇見爸爸和媽媽。」

「…………」

「所以……我就想要去找他們。只要我去找，而爸爸和媽媽也來找我，我們或許就能相遇……當時我是這麼想的。我真的……很傻對吧？」

我微微搖頭。

我不可能嘲笑五歲幼兒那樣的心情傻氣。

「不過這畢竟是小孩子的想法，我才離家大約十分鐘就覺得寂寞了。可是天色香暗也不知道要怎麼回家，於是害怕的我心裡一急，就跌倒受了傷……結果最後就跟常見的失敗例子一樣，只能蹲在附近公園的遊樂器材旁哭泣。」

雖然現在的美羽談起那段往事像在講笑話似的，但是五歲的美羽當時一定非常難受又寂寞。

「天色愈來愈暗，磨破的膝蓋又好痛……於是我害怕得不停哭泣，一直不斷呼喊已經死去的爸爸和媽媽——結果……」

說到這裡，美羽定睛注視我。

「媽媽妳——找到了我。」

「…………」

「媽媽找到並拯救了無助哭泣的我。」

「……那並不是只靠我一人的力量。阿巧和朋美小姐也有一起幫忙找。」

換算成時間，那次離家出走的整個過程其實不到一小時。

可是對一個年幼的孩子而言，那不曉得是多麼恐怖的經驗。至今我依然很後悔，要是我能更早一點找到她就好了。

「媽媽找到我之後，一開始雖然非常生氣，可是很快就抱著我哇哇大哭。然後我也……一起哇哇大哭。」

「……就是啊。」

明明已經晚上了，我也不顧他人的目光，放肆地大聲哭泣。

「就是從那天開始，我終於有辦法坦然接受爸爸和媽媽死去的事實，並且——有了我在這世上不是孤單一人的想法。所以，我才想要稱呼妳為『媽媽』，而不是『綾子阿姨』。」

「…………」

「從那天起，媽媽就是我真正的媽媽。」

美羽說道。

她一度閉上雙眼，之後緩緩睜開，不是過去而是凝望著現在。

「小時候父母雙亡這種事情，看在一般世人眼裡，也許會覺得這樣的人生『很可憐』……可是這十年來，我從來不曾感到寂寞，有的反而都是開心美好的回憶。我能過得這麼快樂，這一切的一切，都要歸功於媽媽。所以媽媽，妳不是沒用的媽媽喔。」

「美羽……」

「之前我也說過——我把媽媽妳當成自己真正的媽媽。就如同媽媽希望我幸福一樣，我也同樣希望媽媽能獲得幸福。所以……妳不用顧慮我，只要多替自己著想就好。」

「替自己著想……？」

聽到我這麼反問，美羽氣呼呼地鼓起臉頰。

「因為媽媽妳老是動不動就以我的事情為優先，就連這次也是一樣。好啦，雖然故意刺激妳的我也有不對的地方……妳卻滿腦子都只考慮我的心情，一點都不重視自己想怎麼做。」

完全——不去了解自己。

美羽這麼說。

「…………」

啊，是這樣啊。

原來她說的「不懂」是這個意思。

因為太想去了解美羽的心情和想法——我一直都不去正視自己的心意。

直到最後一刻，都沒能好好地面對自己。

「我好想聽見媽媽內心的真實想法。想要聽見毫不顧慮我的真心話……不是身為母親，而是身為歌枕綾子這個女人的心聲。所以……我很高興能夠聽見媽媽熱烈的愛的呼喚。」

「……！」

「哎呀～真是太驚人了。妳一共不曉得說了多少次『喜歡』，害我聽了都難為情死了。」

「不、不要嘲笑我啦！」

被她這麼一挖苦，我害羞得不得了。

美羽嘻嘻一笑，以平靜的語氣繼續說。

「媽媽……雖然妳說妳是這兩個月才開始在意巧哥，但我覺得不是這樣喔。」

「咦……」

「一定只是因為巧哥從很久以前就理所當然似的陪在妳身邊，妳才會沒有發現啦。巧哥的告白只不過是一個契機。十年……我想，應該是因為有和巧哥一起共度的那段歲月，妳現在才會深深墜入愛河吧？」

「…………」

「啊哈哈，這樣好像青梅竹馬之間的戀愛喔。」

青梅竹馬之間的戀愛。

因為太習慣對方陪在自己身旁，才會沒有發現對方有多重要。

「媽媽，妳現在已經徹底墜入愛河了。所以，妳大可不必顧慮誰、不必為誰感到羞恥，可以大大方方地吶喊妳喜歡巧哥喔。」

「……可是美羽，這樣真的好嗎？」

我說。

將無論如何都抹不去的不安與疑慮說出口。

「因為妳………不是一直都很喜歡阿巧嗎？」

「啊……關於那件事……」

美羽一邊搔頭。

「其實我並不喜歡他啦。」

一邊回答。

而且還移開視線，一副很難為情的模樣。

「……咦？」

「因為媽媽妳一人很嗨地在那邊高談闊論，害我沒機會否定，所以就乾脆當作沒這回事……但其實我一點都不喜歡巧哥啦。我之前也說過，我根本沒把他當男人看待。」

「……咦？咦？咦？」

「就和媽媽之前所說的一樣，我近來所做的一切，都是為了刺激妳而演的戲。實際上，我對巧哥一點意思也沒有。」

美羽若無其事地說。

我完全被搞糊塗了。

「那、那——約定呢？」

「約定……」

「旅行的時候，妳不是在門前說『原來巧哥還記得那個約定』嗎？而且還看起來很開心的樣子……」

「……啊～」

美羽仰天露出更難為情的表情。

「媽媽妳果然聽見了。」

「……那個約定，不是妳小時候和阿巧許下的『婚約』嗎？妳以前說，妳把相框裡的畫拿給他看時，和他許下了那個約定……」

「……媽媽，妳該不會看了我房裡的那幅畫吧？」

「是、是啊……」

「啊……這樣啊。也是啦，畢竟是我自己最近重新拿出來看之後，就隨便塞到一個角落，也難怪會被看到了……」

美羽神情窘迫地說。

「呃……我和巧哥的確有用那幅畫許下關於結婚的約定。因為巧哥還記得那件事，所以我忍不住開心地笑出來……可是，那幅畫其實——啊～嗯～該怎麼說好呢……」

尷尬地喃喃自語後，美羽逃也似的從沙發站起來。

「……啊！」

讓視線在空中游移了一會，美羽發現某樣東西。

她走到餐桌旁，拿起桌上的物品。

那是——變身機槍「心兒砰砰跳麥格農」。

我上午在那裡把玩之後，就忘記收起來了。

美羽帶著困窘的笑容——拿起槍，按下按鈕。

第三十六集的經典台詞，以小灯弓的聲音流瀉出來。

——我的王牌招數是——雙面性。

第九章
約定與實現

◆

隔天——

我被聽也哥找了出來。

地點是之前也相約碰面過的，車站前的咖啡店。

從他的話聽來……他似乎很擔心我。

他雖然在巧哥找他商量我的事情時，給了巧哥「你就相信美羽吧」的建議，但是冷靜思考過後，又擔心起自己說的話會不會太不負責任，於是便約我出來喝茶，順便關心一下情況。

好一個忠厚老實的人。

不過就結論來說——他的動作有點太慢了。

因為我最近執行的作戰計畫什麼的，已經全都解決完畢了。

「……原來如此，已經全部結束了啊。」

聽完來龍去脈之後，聽也哥啜了一口咖啡，苦笑著說。

「結果到頭來，整件事都照著美羽的計畫進行啊。妳這個高中生還真可怕耶。」

「啊哈哈，你太高估我了啦。」

我一邊笑答，一邊用吸管攪動手裡的漂浮冰咖啡。

「其實事情根本沒有如我所想的發展。關於計畫不夠周密這一點，我正深切地自我反省。而且又因為媽媽和巧哥老是做出出乎我意料的行動……導致整個過程亂七八糟，就只有結果很幸運地符合我的期待。」

「結果……妳是指綾子小姐察覺自己心意這件事嗎？」

「沒錯，正是如此。」

「唔嗯～感覺讓人似懂非懂耶。」

聽也哥一臉難以理解的表情。

「如果妳的願望真的就只有那樣，應該還有其他更簡單易懂的方法吧？妳為什麼要特地扮演競爭對手，做出刺激他們兩人這種拐彎抹角的事情呢……？」

「……因為感覺很奸詐嘛。」

我這麼說。

「我覺得太不公平了。」

「不公平？」

「巧哥那麼用盡全力地傾訴愛意，為了和媽媽交往付出各種努力……可是媽媽卻以一副『既然你都這樣說了，那好吧』的態度和他交往，這樣感覺很不對等耶。」

我很清楚這樣的心情，單純是我個人自私的想法。

儘管如此，我還是不喜歡。

結束第一次約會返家那天——開始將巧哥對自己的好感視為理所當然的媽媽，讓我非常火大。

「所以我想既然如此，乾脆讓媽媽也拚盡全力去談戀愛。比方說——毫不留情地爭奪女兒的初戀對象之類的……我想要她認真地去談一場戀愛。希望她能發自內心……大聲地說出她喜歡巧哥。」

「所以美羽妳才會假裝喜歡巧，成為綾子小姐的情敵去刺激她啊。」

「正是如此。我覺得必須要有情敵出現，才能讓沒有對手、安於現狀的媽媽產生危機感和嫉妒心。」

可是後來……事情進行得不太順利。

媽媽比我預期的還要不信任我，我的計謀立刻就被她「那是妳用來刺激我的演技吧？」給發現了。

整體而言，真的就只有最後結果是好的。

「不過，這下我總算可以功成身退啦。太好了、太好了。」

「——真的嗎？」

聰也哥說。

他收起原本一直掛在臉上的淺笑，以認真的眼神問道。

「這樣真的好嗎？」

「什麼意思？」

「因為美羽妳——其實真的喜歡阿巧，不是嗎？」

「…………」

「為了聲援他們兩人，於是假裝喜歡巧……可是，那真的只是假裝嗎？妳之所以會急著推進他們的關係到如此執拗的地步……難道不是因為妳想要下定決心放棄巧——」

「才不是呢。」

我回答。

以輕鬆的口吻傻眼地說。

「你完全想錯了啦。我的目的打從一開始，便始終是撮合他們兩人。就只是這樣而已，我對巧哥一點意思也沒有。」

「…………」

由於聽也哥依舊滿臉狐疑，我於是吐了口氣繼續說。

「好吧……畢竟我也是個女人……要說我完全沒把巧哥當成異性看待，那是騙人的。不過……我現在對他有的是家人一般的感情，幾乎沒有男女之情。」

因為。

我微微聳肩，接著說。

「我早在很久以前就被他甩了。」

九年前——

「美羽長大以後要和巧哥結婚！」

六歲的我，毫不羞澀也不帶誇耀，而是以極其認真嚴肅的心情，向最喜歡的大哥哥告白。

聽到小孩子對自己說這種話，多數大人應該都會隨便敷衍過去吧。為了不傷孩子的心，中規中矩地做出肯定答覆是最好的做法。認真回答反而會讓人覺得莫名其妙。

可是——

「美羽妹妹，抱、抱歉！」

當時十一歲的巧哥，卻對六歲孩童天真爛漫的求婚，以認真到不行的態度低頭致歉。

「謝謝妳說想跟我結婚，我真的非常高興喔。可是……對不起，我不能和美羽妹妹結婚……」

巧哥一副由衷感到歉疚地說。

「因為我喜歡綾子媽媽。」

儘管羞紅了臉，他的眼神卻認真無比。

我眨了眨眼。

「巧哥……你喜歡媽媽？」

「……嗯。」

「是這樣啊……」

「嗯……我希望有一天可以和綾子媽媽結婚。」

簡直就像煞車失靈了一樣，他繼續傾吐肉麻的情話。

「雖然現在還不行……不過等我長大，成為配得上綾子媽媽的優秀大人了，我打算向她告白，說我『喜歡』她。」

「…………」

「所以……對不起。我真的很高興美羽妹妹有這份心，但是我沒辦法和妳結婚……」

巧哥誠實地，以誠實到令人發噱的態度說道。

懷著真心誠意，明確拒絕了六歲孩童做出的求婚。

至於我——坦白說，我並沒有受到什麼打擊。

我只是驚訝地呆住了。

但是，隨著逐漸理解對方話中的意思——

「巧哥，你要和媽媽結婚嗎？」

「……如果可以，我是希望那麼做。不、不過，我當然不曉得綾子媽媽到時會怎麼想。即使過了十年，她說不定還是不會把我這種小弟弟看在眼裡……」

「那麼……假如媽媽和巧哥結婚——巧哥就會成為美羽的爸爸嗎？」

六歲的我這麼問。

難掩興奮地問道。

「嗯、嗯……是啊。」

巧哥靦腆地點頭。

「我和綾子媽媽結婚之後，我會成為美羽妹妹的新爸爸。然後，我希望我們三人可以成為一家人，生活在一起。」

「那樣很好！美羽比較喜歡那樣！」

六歲的我，滿懷著歡欣與興奮大喊。

「比起和巧哥結婚，美羽更喜歡巧哥當我的爸爸！」

那是——不帶虛假的真心話。

是六歲的我，發自內心的吶喊。

當時的我——真的是這麼想的。

比起和巧哥結婚的未來——媽媽和巧哥結婚、我成為他們的女兒這樣的未來，感覺要美好多了。

最喜歡的大哥哥和最喜歡的媽媽，成為我的爸爸和媽媽。

而在他們兩人之間的我，可以獨占最棒的爸爸和媽媽。

那樣的未來肯定比較幸福——

「巧哥，加油喔！你一定要和媽媽結婚！美羽會全力支持你的！」

「謝謝。不、不過……現在說這些還太早啦。我想至少得等我過了二十歲，綾子媽媽才有可能理會我……」

「對了！得重寫心願才行！」

我把手伸向桌上的畫框。

「巧哥，幫我拆開這個！美羽要畫新的圖！」

「咦……可、可是，這圖難得畫得這麼好……」

「沒關係！美羽要畫在背面！」

「呃，可是……等、等一下啦，美羽妹妹！那個……這、這件事絕對不可以告訴綾子媽媽喔！」

「咦？為什麼？」

「……沒有為什麼。總之我拜託妳一定要保密，把這當成只有我們兩人知道的祕密。」

「只有我們兩人……嗯！我知道了！美羽絕對不會告訴媽媽！」

「拜託妳了，我們約好了喔。」

「嗯，我答應你！巧哥也要答應美羽，長大後一定要和媽媽結婚喔！」

「……嗯，我知道了。」

就這樣，我們彼此許下了約定。

只有我們兩人知道的婚約。

巧哥和媽媽結婚的約定。

之後——我們拆掉畫框，取出裡面的畫。我在畫的背面畫上新的圖，然後請巧哥教我寫字，在上面寫上新的願望。

我重新更新的願望。

是將來的夢想，也是純粹的祈禱——以及，兩人的約定。

寫完之後，我將圖畫反過來，放回畫框裡。

絕對不讓媽媽發現。

在咖啡店和聰也哥道別後的返家途中——

我在回家的路上拿出手機。

「啊！喂，巧哥嗎？」

『怎麼了？』

「沒什麼大不了的事情啦，我只是想跟你報告一件事。」

我說。

「假裝對巧哥有好感去刺激媽媽的作戰計畫——我決定停止了。」

『…………』

「因為事情進行得不如預期中順利，讓我開始感到厭煩，所以就到此結束吧。」

『……妳又突然自作主張了。』

「奇怪？你的心情好像很低落耶，我還以為你會更開心的……啊，你該不會覺得有點可惜吧？是不是即便是演戲，被現任女高中生喜歡還是讓你很開心啊？」

『我只是對妳的任性感到很傻眼而已……』

「啊哈哈！是這樣啊。」

快活地大笑後，我頓了一會。

「巧哥……謝謝你。」

這才接著說。

『我一點都不記得我有做什麼值得妳道謝的事情。』

「嗯，就是因為這樣我才要道謝。謝謝你什麼都沒做。」

巧哥最近——近乎不自然地什麼都沒做。

雖然自己說這種話有點奇怪……不過，我這次確實相當失控。我老是做一些讓媽媽和巧哥感到不安的事情。

可是——巧哥沒有阻止我。

也沒有說服和質問我。

就只是默默地看著我按照自己的想法行事——

「你是因為相信我才默默地旁觀吧？」

『……並不是。我只是懶得認真搭理妳，才對妳置之不管啦。』

「你這人很不坦率耶。」

我嘻嘻笑道。

「反正總而言之——作戰計畫到此結束。」

我再次說出結論。

「你放心吧，我不會再做奇怪的事情了。」

『那我就安心了。』

「再說……大概也沒那個必要了。」

我非常小聲地又補上一句。

『咦？妳說什麼？』

「沒有，沒什麼啦。」

深吸一口氣之後，我說。

「巧哥，要是你能快點和媽媽結婚就好了。」

『……！妳……啊……嗯，就是啊。』

巧哥儘管害臊卻沒能否定我的話。

「因為我有確實遵守約定，所以你也得實現諾言喔。」

『……我會妥善處理的。』

「呵呵呵！那你就好好加油吧，我未來的爸爸。」

打趣地這麼說完，我結束和巧哥的對話。

此刻，我的心情非常平靜、爽快，而且滿足。

一陣微風——吹過返家的道路。

帶有熱度卻又莫名感覺清涼的風兒，拂過我的全身。

抬頭仰望，在眼前的是一片無邊無際的蔚藍夏空。

我是不知道天堂究竟存不存在——但假使真的存在。

死去的爸爸和媽媽一定正帶著非常愉快的笑容，放心地從那裡注視著我。我

莫名有這種感覺。

歌枕美羽。

十五歲。

由於父母早逝，看在一般世人眼裡，經常會覺得這樣的遭遇很不幸、『很可憐』——

可是，我有最喜歡的媽媽，還有真心喜歡媽媽的男人。

那個人也很喜歡我，真心想把我當成女兒疼愛。

我有最愛我的爸爸和媽媽，而我當然也很愛他們兩人。

所以，我想我應該是世界上最幸福的女兒了。

♥

叩叩。

儘管知道沒有人在，我還是習慣性地敲門。

進到房內，將洗好的衣物收進美羽的衣櫃裡。

正準備離開房間時——裝飾在牆上的畫映入眼簾。

「…………」

臉上自然而然地漾起笑容。

幸福的心情彷彿要從心中滿溢。

昨天美羽給我看了那幅畫的背面。

一直隱藏在畫框裡的，真正的心願。

年幼的美羽打從心底期望，一直非常珍視的一個約定。

因為已經沒必要隱藏了，所以現在是以背面示人。

就某種意義而言——具有雙面性的王牌。

『希望媽媽和巧哥結婚，

然後和美羽三人成為一家人。』

畫裡有笑容滿面的我和阿巧，中間還有個子比較嬌小的美羽。

我們三人感情融洽地手牽手。

這便是——美羽六歲時懷抱的夢想。

一直非常珍視的約定。

看著那幅畫——各種情緒湧上心頭。

既開心又害羞，感覺自己被打敗了。

這些年來，美羽和阿巧兩人將小時候許下的約定暗藏心中。

將瞞著我許下的約定當成寶物一樣珍惜至今。

一想起那樣的女兒，我就百感交集、內心一陣酸楚。

「……謝謝妳，美羽。」

但是說出口的，卻是感謝的話。

謝謝。

謝謝妳願意當我的孩子。

也真的謝謝妳希望我獲得幸福。

終章

♥

那天晚上，是阿巧來當家教老師的日子。

美羽正在二樓的房間裡閉關，忙著趕工之前幾乎沒碰的習題。她好像完全忘了阿巧交代她要在今天之前把功課完成。

我則是坐在客廳的沙發上，等待他的到來。

「……阿巧怎麼還不快來呢？」

好奇妙的感覺。

明明心臟撲通撲通地狂跳，心情卻莫名地平靜。腦袋明明像是發燒一般昏昏沉沉，雙腳卻穩穩地踩在地上。

我想，大概是我心意已定的關係。

不再搖擺。

多虧女兒的多管閒事，我終於察覺自己的心意了。

女兒那麼努力地支援我。

我不能再裹足不前下去。

「…………」

閉上雙眼──過去的一切在腦海中浮現。

相識至今的十年來。

以及，自從被告白的這兩個月。

我的記憶裡，有著各式各樣的他。在不同的年代，呈現出不同的面貌。那些雖然全都看起來閃閃發亮，但是感覺格外耀眼的……還是他最近的樣子。是有著一張精悍的青年臉孔，向這樣的我表白心意的他。

喜歡。

好喜歡阿巧。

真是不可思議啊，一旦承認──一旦承認這份心情是愛情之後，整顆心便徹底平靜下來。

之前那麼拚命蒙混敷衍好像假的一樣。

說不定我只是自己沒有察覺，但其實我從很久以前就喜歡阿巧了。我打從一開始，就將這個比我小超過十歲的男孩當成男人、當成戀愛對象看待——

「……等等，那樣根本是犯罪嘛。」

自己吐槽自己後，我忍不住笑出來。好害羞。連我也感覺得出自己整個人飄飄然的。

飄飄然，興高采烈，開心到要飛上天了。

啊——

好想見他。好想趕快見到他。

快點、快點、快點——

叮咚！門鈴響了。

「——！」

來了！

我跳也似的從沙發上站起來，衝向玄關。

「綾子小姐晚安。」

見到他的那一刻——我的心幾乎要脹破。

啊，阿巧。

喜歡。

喜歡喜歡喜歡。

我好喜歡你……！

我之前到底在猶豫什麼？

我之前到底在害怕什麼？

居然沒有立刻答應這種好男人的告白，簡直令人不敢相信。

但是——已經沒事了。

我已經找到了答案。

多虧了女兒，我總算察覺自己真正的心意。

「阿巧……」

我——踏出一步。

不再迷惘。

不再害怕。

他非常喜歡我，而我也非常喜歡他。

就只是這樣而已，光是如此便等於全世界。

沒有東西會阻擋我們。

既然如此，只要將自己全然交付給這份讓心焦灼忐忑的感情就好。

只要憑著本能行動，所有事情一定都會很順利。

沒問題。

不需要擔心任何事。

我們之間已無須言語——

……於是。

因為和美羽的那件事而變得莫名亢奮的我，跳過所有步驟，冷不防就做出主動親吻對方的暴行。

可能是之前壓抑太久所造成的反作用吧，我的腦袋和心完全進入戀愛腦模式，一腳將油門踩到底就向前猛衝。

不用說，如此心急的舉動——跳過諸多步驟、過於衝動的示愛表現……果然又在我們之間掀起一陣波瀾。

到了後來，我才深切體會到。

言語果然還是必要的。

後記

「兒女不知父母心」這句話的意思似乎是「孩子不明白父母對自己的愛有多麼深厚」，不過我認為，或許還有一種情況是「孩子雖然理解父母的愛，卻沒有向父母表達自己其實是懂的」。就如同傳了訊息出去，如果對方沒有已讀就會感到不安一樣——即使孩子有收到父母傳送出去的愛，只要沒有「已送達」的通知，送出那一方的心裡還是會忐忑不安。假使愛情也有已讀功能不知該有多方便，但可惜的是世上沒有那種東西……因此，雙方好好地面對彼此非常重要。不曉得除了反覆溝通外，有沒有其他確認收受愛情的方法呢？無論是親子，還是除此之外的關係。

大家好，我是望公太。

本集是與三字頭媽媽之間的愛情喜劇第三彈。這次，女兒也加入形成了三角關係……看起來是如此，實際上內容卻是描述三人都期望相同形式的幸福。

我在寫第一集時，就已經預設這個故事最多只會寫到第三集，打算假使銷量不佳的話，就在第三集漂亮地收尾……結果因為反應比預期中來得好，所以我決定繼續寫下去！由於接下來完全是未知的世界，還請各位期待我未來的表現！兩名主角今後會如何發展，連我自己也非常期待呢！

再來，關於這次出現的「夏威夷渡假村Z」……不用說，正是以福島縣磐城市的「夏威夷渡假村」為範本。不過畢竟只是作為參考之用，還是有許多部分和現實中的設施有所不同，這一點還請包涵。

在此，有個唐突的消息要告訴大家，那就是本作的漫畫版就快在漫畫App「Manga Park」上架了！因為也能用電腦閱讀，屆時還請各位多多支持！

以下是感謝的話。

責任編輯宮崎大人，這次也受您照顧了。非常感謝您每次都忍受、配合我的任性之舉。ぎうにう老師，非常感謝您這次也畫了好棒的插圖。泳裝的插圖真是棒呆了。還有……抱歉我在特典短篇小說（註：此指日本版）裡用了好多Vtuber影片的哏……

最後，我要向閱讀本書的各位讀者致上最深的謝意。

那麼，有緣的話，我們就在第四集相見吧。

望公太

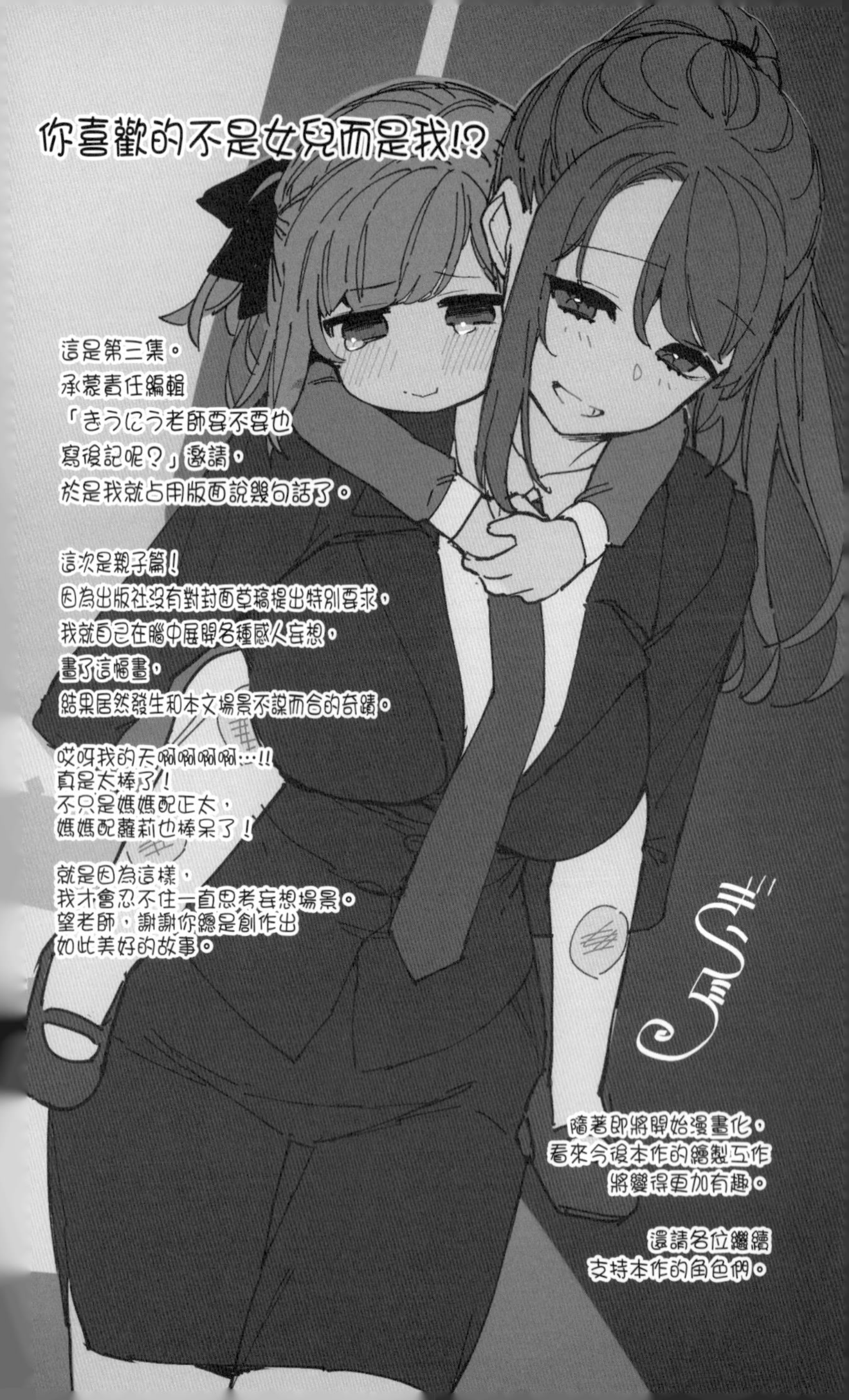
你喜歡的不是女兒而是我!?
這是第三集。
承蒙責任編輯
「きうにう老師要不要也
寫後記呢？」邀請，
於是我就占用版面說幾句話了。
這次是親子篇！
因為出版社沒有對封面草稿提出特別要求，
我就自己在腦中展開各種感人妄想，
畫了這幅畫，
結果居然發生和本文場景不謀而合的奇蹟。
哎呀我的天啊啊啊啊…!!
真是太棒了！
不只是媽媽配正太，
媽媽配蘿莉也棒呆了！
就是因為這樣，
我才會忍不住一直思考妄想場景。
望老師，謝謝你總是創作出
如此美好的故事。
隨著即將開始漫畫化，
看來今後本作的繪製工作
將變得更加有趣。
還請各位繼續
支持本作的角色們。

國家圖書館出版品預行編目資料

你喜歡的不是女兒而是我!?/望公太作 ; 曹茹蘋譯.
-- 初版. -- 臺北市 : 臺灣角川股份有限公司,
2022.03-
冊 ; 公分
譯自 : 娘じゃなくて私が好きなの!?
ISBN 978-626-321-278-7(第3冊 : 平裝)

861.57 111000483

Kadokawa
Fantastic
Novels

你喜歡的不是女兒而是我（媽媽）!? 3

（原著名：娘じゃなくて私が好きなの!? 3）

2022年3月21日　初版第1刷發行

作者：望公太
插畫：ぎうにう
譯者：曹茹蘋

發行人：岩崎剛人
總編輯：蔡佩芬
編輯：邱璩萱
美術設計：黃永漢
印務：李明修（主任）、張加恩（主任）、張凱棋

發行所：台灣角川股份有限公司
地址：104台北市中山區松江路223號3樓
電話：（02）2515-3000
傳真：（02）2515-0033
網址：www.kadokawa.com.tw
劃撥帳戶：台灣角川股份有限公司
劃撥帳號：19487412
法律顧問：有澤法律事務所
製版：尚騰印刷事業有限公司
ISBN：978-626-321-278-7

※版權所有，未經許可，不許轉載。
※本書如有破損、裝訂錯誤，請持購買憑證回原購買處或連同憑證寄回出版社更換。

MUSUME JANAKUTE MAMA GA SUKINANO!? Vol.3
©Kota Nozomi 2020
Edited by 電擊文庫
First published in Japan in 2020 by KADOKAWA CORPORATION, Tokyo.
Complex Chinese translation rights arranged with KADOKAWA CORPORATION, Tokyo.